土文庫

文庫書下ろし／長編時代小説

用心棒稼業

芋洗河岸(2)

佐伯泰英

KOBUNSHA

光 文 社

この作品は光文社文庫のために書下ろされました。

目次

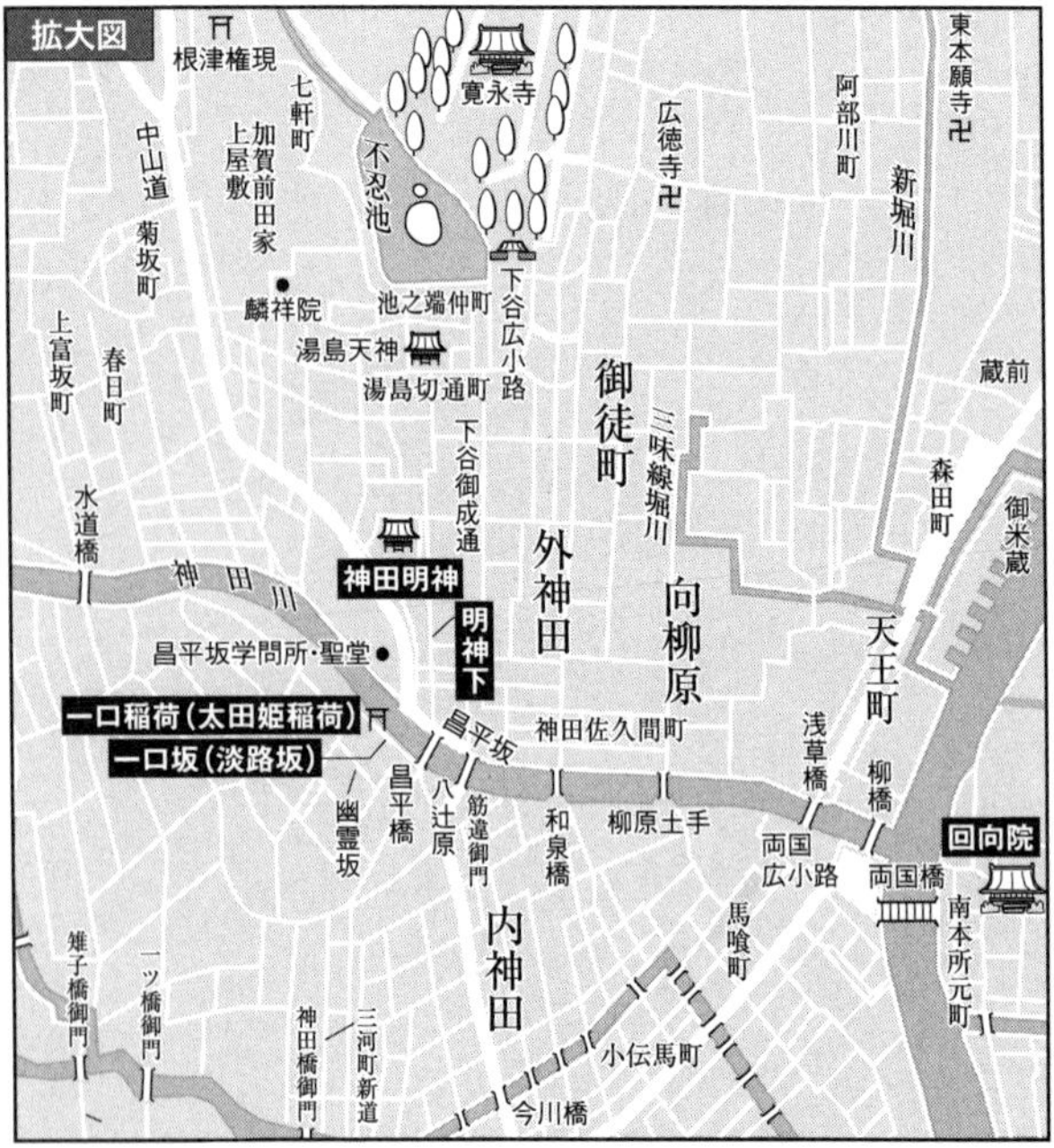
拡大図
根津権現
七軒町
寛永寺
広徳寺
阿部川町
東本願寺
中山道
加賀前田家上屋敷
不忍池
新堀川
菊坂町
麟祥院
池之端仲町
下谷広小路
上富坂町
春日町
湯島天神
湯島切通町
御徒町
蔵前
三味線堀川
下谷御成通
森田町
水道橋
神田明神
外神田
向柳原
御米蔵
神田川
明神下
天王町
昌平坂学問所・聖堂
一口稲荷（太田姫稲荷）
一口坂（淡路坂）
昌平坂
神田佐久間町
浅草橋
柳橋
幽霊坂
昌平橋
八辻原
筋違御門
和泉橋
柳原土手
両国広小路
両国橋
回向院
南本所元町
馬喰町
内神田
雉子橋御門
一ツ橋御門
神田橋御門
三河町新道
小伝馬町
今川橋

北
東
南
西
千住大橋
鐘ヶ淵
荒川
隅田村
隅田川
寺島村
三河島
日暮里
田端
駒込
千住道
小塚原
日本堤
金杉上町
新吉原
谷中
千駄木
白山
下谷
鷲神社
今戸町
山谷堀
今戸橋
小梅村
浅草寺
東叡山寛永寺
根津権現
御数寄屋町
御薬園
小石川
本郷
中堂
幡随院
広徳寺
阿部川町
東本願寺
浅草花川戸町
吾妻橋
竹町ノ渡し
田原町
三間町
駒形堂
並木町
伝通院
菊坂町
不忍池
新堀川
池之端仲町
下谷広小路
湯島天神
御徒町
蔵前
北割下水
春日町
水戸徳川家
森田町
石原町
牛込
神田川
神田明神
外神田
向柳原
御米蔵
牛込御門
小石川御門
水道橋
天王町
浅草橋
柳橋
御竹蔵
神楽坂
昌平橋
筋違御門
和泉橋
柳原土手
南割下水
番町
田安御門
俎板橋
雉子橋御門
一ツ橋御門
内神田
両国広小路
本所
市谷
両国橋
回向院
馬喰町
神田橋御門
三河町新道
竪川
市谷御門
清水御門
小伝馬町
今川橋
本石町
十軒店町
日本橋
新大橋
北町奉行所
常盤橋御門
葺屋町
堺町
小名木川
室町
江戸橋
麹町
半蔵御門
江戸城
呉服橋御門
日本橋
仙台堀
深川
南茅場町
材木町
西之御丸
南町奉行所
鍛冶橋御門
組屋敷
八丁堀
永代橋
京橋
霊岸島
熊井町
富岡八幡宮
永田町
桜田御門
赤坂御門
数寄屋橋御門
西本願寺
石川島
越中島
山王権現
新橋
築地
佃島
溜池
幸橋御門
汐留橋

【主な登場人物】

小此木善次郎……二十七歳。美濃国苗木藩遠山家に務める代官であったが、藩からの半知通告を受け困窮し、国を出て浪人となる。江戸で、神田明神下の「一口長屋《いもあらい》」に居を得る。

小此木佳世……夫である善次郎と国を出て、二年をかけて江戸に辿りつく。旅の途中で一子、芳之助をもうける。

越後屋嘉兵衛……神田明神門前にある米問屋の九代目。一口長屋の大家。裏の稼業として旗本、大名家などへの金貸し業も営む。

孫太夫……越後屋の大番頭。

義助……一口長屋の差配。善次郎一家を長屋に住まわせる。

吉……義助の妻。

青柳七兵衛……幽霊坂に神道流道場を構える道場主。

財津惣右衛門……青柳道場の筆頭師範。

那智羽左衛門……神田明神の権宮司。

用心棒稼業《ようじんぼうかぎょう》――芋洗河岸《いもあらいかし》（2）

第一章　初詣

一

文政《ぶんせい》十年（一八二七）元旦。

雪が降る未明、小此木善次郎《おこのぎぜんじろう》は神田明神《かんだみょうじん》の境内《けいだい》にいた。手拭いで頬被《ほおかむ》りした頭に破《や》れ笠を被《かぶ》り、佳世《かよ》が古着屋で買い求めた綿入《わたい》れを着ていたが、それでも寒かった。とはいえ神田明神の陸続《りくぞく》と絶えない初詣《はつもうで》の人々の熱気に圧倒されていた。

大己貴命《おおなむちのみこと》、少彦名命《すくなひこなのみこと》、平将門命《たいらのまさかどのみこと》を祀《まつ》る神田明神は江戸総鎮守《そうちんじゅ》とされ、江戸城鎮守の社である永田町《ながたちょう》の山王権現《さんのうごんげん》とともに徳川《とくがわ》将軍家と江戸の人々の崇敬《すうけい》を集めた。両社の祭礼は「天下祭」と呼ばれ、祭礼行列が江戸城に入ることが許されていた。

　神田明神は天平《てんぴょう》二年（七三〇）、出雲《いずも》氏族の真神田臣《まかんだおみ》により創建されたとされる。のちに太田道灌《おおたどうかん》や北条氏綱《ほうじょううじつな》らの戦国武将の信仰を集めた。慶長《けいちょう》五年（一六〇〇）、天下分け目の関ヶ原《せきがはら》の戦いに徳川家康《とくがわいえやす》が臨《のぞ》む際に戦勝祈禱《きとう》を行った由緒もあり、元和《げんな》二年（一六一六）に現在の地に遷《うつ》され、江戸城の表鬼門《おもてきもん》を守る「江戸総鎮守」とされた。

　善次郎は初めて神田明神初詣の光景を見ることになった。

　最初、雪が降り止《や》んだならば、一家で神田明神に詣《もう》でようと考えていた。だが、ふたたび降り始めた雪にまだ幼い芳之助《よしのすけ》を連れてのお詣《まい》りは無理と判断し、善次郎独《ひと》りだけが小此木家を代表して参拝に来た。そこで雪にも拘《かか》わらず続々と初詣に参詣する万余《まんよ》の江戸っ子たちの姿を見て、

（われらはなんという場所に江戸の住まいを構えたか）

　と考えながら言葉を失っていた。

「おい、どうしたえ」

　と背から声がかけられ振り向くと、蓑《みの》を纏《まと》い、番傘を差した一口《いもあらい》長屋の差配《さはい》義助《ぎすけ》が立っていた。

「義助どのか。話には聞いていたが、これほどまでに初詣の方々がおられるとはびっくり仰天《ぎょうてん》しておる。佳世と芳之助は、夜が明けてから改めて伴《ともな》ってこようと思う」

「一口長屋の女衆《おんなし》は明るくなってからの初詣が習《なら》わしよ。それにこの雪だぜ、厄介《やっかい》に巻き込まれて怪我《けが》なんぞしてもならねえや」

「厄介に巻き込まれるだと、そんなことがあるのか」

「掏摸《すり》やかっぱらいが出るのよ」

「なに、初詣に掏摸が出るか」

「おう、数人で組んでな、巾着《きんちゃく》ごと強奪《ごうだつ》していくのよ。今年はこの雪だが、やつら、毎年のさばってやがって神田明神のご利益《りやく》の邪魔をしやがるのよ」

「なんとのう。佳世と芳之助を伴わなくてよかったわ」

としみじみ善次郎は言った。

「神田明神の門前町の一口長屋の女衆や子らは雪が止んでからよ、天気が落ち着いた松の内にでも来るのがいいな」

と言った義助が、

「おれたちふたりが一口長屋を代表してお詣りしてこようか」

と蓑の下から旧年の御札《おふだ》の束《たば》を取り出した。

一口長屋のあちらこちらの神棚に飾られていた御札だろう。ふたりは押し合いへし合いする山門《さんもん》を潜《くぐ》ると、

「おい、おめえどこの在所者《ざいしょもん》だ。いくら雪だからといって、神田明神の初詣に蓑や破れ笠はなかろう」

といきなり文句がついた。

「おお、すまねえな。おれっちは在所者じゃねえや。明神下の者よ。古い御札をお返しに来たのよ。許してくんな」

と義助が詫《わ》びた。

「明神下だって、近間《ちかま》じゃねえか。そんな野郎が明神様に古札《ふるふだ》を返すならば、人出が少ないときにしねえな」

「そう言うねえ。長年、新春早々にお返しするのが習わしなんだよ。すまねえな」

「拝殿の前じゃ、蓑も破れ笠もなしだぜ」

と言った相手も手拭いで頬被りしていた。

「おお、兄《あに》い、すまねえ。御札を返納したら、そうしよう」

と義助が改めて詫びた。

古札返納場にも大勢の人が集《つど》っていた。とても近寄ることはできそうにない。

「義助どの、改めて出直そうか」

「小此木さんよ、長年の習わしだ。大晦日《おおみそか》の古札を持って長屋に帰れるものか。わっしについてきねえ」

と番傘を畳んだ義助が参道から離れて雪を白く被った茶店に連れていった。義助がいつか善次郎を連れてきた茶店だった。なんと雪の中、茶店は開店していた。

「おい、待った」

と声がかかった。

「拝殿はここじゃねえぜ。うちは予約の客だけだ」

と男衆《おとこし》にふたりは止められた。

「すまねえ、おれだおれだ。角次《かくじ》さんよ。一口長屋の差配の義助だよ」

「な、なんだ、そのなりは。在所者だってもう少しましななりをしているぜ。お、もうひとりは新入りのお侍《さむらい》か。ふたりしてなんて恰好《かっこう》だよ」

「おうさ、山門前でも叱られてな、ともかく蓑なんぞを脱がしてもらおうと思ったのよ。ちっとの間、預かってくれねえか」

「魂消《たまげ》たぜ。神田明神の氏子《うじこ》がそのなりとはな」

「雪が降るんでよ、つい蓑なんぞ引っ張り出したのよ」

と義助と善次郎は茶店の軒下で身なりを軽くした。

「軽くはなったがよ、御札を納《おさ》めて拝礼したら雪を被ってよ、体が冷え切ってしまうぜ」

「義助どの、身軽になったところで早々に事を済ませようではないか」

と言い合ったふたりは茶屋を出ていった。

なんとか古い札を納めてから、押し合う拝殿前にふたりは突っ込んだ。善次郎は腰に一本差しにした長谷部國重《はせべくにしげ》を左足に沿わせて立てて迷惑のかからないように努《つと》めていた。

雪は相変わらず降っていたが身軽になった分、ふたりは強引に賽銭《さいせん》箱を目標に近寄っていった。するとふたりの直《す》ぐ前で女の悲鳴が上がった。

「なにするのよ、私の巾着を奪ったのはだれよ」

その声に善次郎は、女を囲んだ数人の大男たちを見た。だれもが無言だった。その中のひとりが仲間から外れた。

善次郎は、その男が前帯に手を突っ込もうとするのを見た。

その瞬間、女ものの艶《あで》やかな財布が覗いた。咄嗟《とっさ》に大刀を鞘《さや》ごと抜き取ると、鐺《こじり》で男の前帯を突いた。

財布が足元の雪の上にいくつも落ちて、それを義助が草履《ぞうり》で押さえた。

「うっ」

と悲鳴を上げた男が善次郎を睨《にら》み、

「な、なにをしやがる」

と空《から》になった手を見た。

「そなたら、なにをなしたか。江戸の鎮守社神田明神の拝殿前じゃぞ」

との善次郎の言葉に、

「財布はおれの足が押さえていらあ」

と義助が応じた。

ふたりの問答の声に黒っぽい衣装の男たちがふたりを囲もうとした。

「てめえら、掏摸かえ。いや、違うな、掏摸の技なんぞ持ち合わせていねえな。何人もでよ、女衆を囲んで強盗《ぶったくり》まがいに財布を奪いやがったか」

と義助が叫んで、

「強盗だってよ、危ないぜ」

「散りな散りな」

と参拝客の声がして押し合いへし合いしていた参拝客が散った。すると拝殿前から四間（約七・三メートル）ばかり離れたところがぽっかりと空《あ》き、女衆の手を摑んだひとりを筆頭に四人の男たちが義助と善次郎を睨んだ。

「てめえら、仕事の邪魔をしてくれたな。死にてえか」

と仇《あだ》っぽい年増《としま》の手首を摑んだ頭分《かしらぶん》らしき男が低い声で漏らした。すると拝殿前から、

「お怜《れい》、どうしなさった」

と案ずる声がして、お怜と呼ばれた女衆が、

「旦那様、す、掏摸です。財布を奪われました」

「財布なんぞどうでもようございますよ。おまえさん、こちらに逃げておいでな」

「手を摑まれております」

との問答の間に、善次郎は腰から鞘ごと抜いていた國重をいつもの左腰に差し戻していた。

「おい、旦那は財布は要《い》らぬとよ。どうしたものかねえ」

「頭《かしら》、相手は在所者がふたりだぜ」

「女とそやつらふたり、殺しちまいな」

と頭分が脅《おど》し文句を吐いた。

「義助どの、強盗《ぶったくり》とやらに財布を返すのだ」

「なんだって、野郎どもにいくつもの財布を返せってか。小此木さん、どうかしてねえか」

「旦那が申されたように金子《きんす》より女衆が怪我を負わないことが大事だ」

「ほう、お侍のほうが賢《かしこ》いな」

と頭分が言って財布を雪の上に踏んづけている義助に、

「足を上げな」

と命じた。

仲間のひとりが義助の足元の財布を摑もうとしゃがんだ。

「その前に頭とやら、女衆の手を放すことが先だ」

善次郎が淡々とした声音《こわね》で命じ、

「くそっ、いいだろう。三《さん》ノ字《じ》、おれが叫んだら財布を奪い返すのだ」

と頭分が応じたとき、

「おお、御用提灯《ごようぢようちん》だぜ」

「役人衆が来たぜ」

との声が拝殿の奥から聞こえた。

「急げ、三ノ字」

と頭分が女の手を放した瞬間、三ノ字が義助の足を払って財布を摑もうとした。

そのとき、善次郎の足駄《あしだ》が三ノ字を蹴り飛ばし、やりやがったな、とばかり頭分が懐《ふところ》の匕首《あいくち》を抜き放った。

同時に善次郎の國重二尺三寸五分（約七十一センチ）が光になって頭分の匕首を弾《はじ》き、くるりと峰《みね》に返された國重が頭分の首筋を叩くと、さらに子分ども三人を次々に叩きのめした。

一瞬の早業に雪の原に黒衣装の掏摸たちが倒れ込んだ。そこへいくつもの御用提灯が集まり、

「われら、寺社方だ。抜身《ぬきみ》を捨てて大人しくせよ」

との声とともに十手《じって》や突棒《つくぼう》が善次郎に突きつけられた。

「お役人、そのお侍は掏摸仲間じゃない、掏摸どもを叩き臥《ふ》せたお方だよ」

とお怜と呼ばれた女衆の旦那が叫んだ。

「うーむ」

と寺社方の役人が見合った瞬間、善次郎の國重が鞘にスーッと納まった。

「おお、一口長屋の侍さん、手柄だぞ」

と善次郎を承知か、初詣客のひとりが叫び、義助が、

「お役人よ、おれの足の下にあるのが、こやつらが奪い取った財布だぞ」

と告げた。

「おお、お怜、そなたの財布もあるな」

と旦那が叫び、

「一口長屋のお侍、おまえ様の抜き手は素早いね。居合《いあい》かね」

「旦那どの。お怜さんに怪我がなくてなによりだ。それがしの技は、夢想流抜《むそうりゅうばつ》刀技《とうぎ》と称する美濃国《みののくに》の在所剣法でござる」

と善次郎は応じたものだ。そして、

「こやつどもをお渡ししてよろしいか」

との善次郎の言葉に、

「手柄でござったな」

と役人衆が倒れ込んだ黒装束の四人組を次々に縛り上げた。

「役人さんよ、おりゃ、小此木さんの連れでよ、一口長屋の差配義助だ。財布をそちらに渡すぜ」

と義助は財布を拾い上げて差し出し、役目は終わったとばかり、神田明神の拝殿に両人は進んで拝礼した。

折りしも神田明神の本殿で新春を祝う祝詞《のりと》が始まり、騒ぎに初詣を止めていた面々が善次郎らといっしょに拝礼し、

「よくやりなすったね」

「それにしてもお侍さん、すごい抜刀技だね。神田明神から金一封が出るかもしれねえな」

などと声がかけられた。

ふたりは初詣の拝礼を済ませて、御札所に回った。そして、新たな年の御札を買い求めた。とそこへお怜が旦那とともに姿を見せた。

「お侍さん、差配さん、ありがとう」

「おかげさまでお怜は怪我ひとつしませんでしたよ」

と礼を述べた。

「本日はこの人出ですでな、後日一口長屋にお礼に参りますよ」

「おお、礼はただ今承《うけたまわ》った。これ以上の礼など無用です」

義助と善次郎はさらに初詣客が増えた神田明神の拝殿から蓑や番傘を預けた茶店に回った。すると茶店の女将《おかみ》が、

「一口長屋の差配さんにお侍さん、大手柄を立てられましたね。今年はいいことがありますよ。うちで一杯飲んでいかない」

と誘ってくれた。

「女将さん、ありがてえがよ、この人出だ。一口長屋に戻ろう、これ以上なにがあってもいけねえや」

と義助が言い残すと、ふたりして長屋へ続く坂へと人込みをかき分けて出た。

小降りになったが雪はまだ降っていた。

一口長屋の木戸口に提灯が点《とも》り、足元には七輪《しちりん》に炭ががんがんと燃えていて、住人の登《のぼる》と八五郎《はちごろう》が見張りに立っていた。初詣を終え坂を下りる参拝客が、いつの年も長屋の敷地に紛《まぎ》れ込む、ために見張っていたのだ。

「なんぞあったか、義助さんよ。差配が年越しに長屋を長く空けていてよ、不用心だぞ。おれたちが代わりに見張り番をしていたんだからな」

と登が文句を言った。

「すまねえな。なにしろこの雪の中の初詣だ。例年以上に刻《とき》がかかってよ」

と義助が言い訳し、

「なにか騒ぎがあったのか」

「騒ぎなんてあったかね、小此木さんよ」

「いやはや、あの人込みはすごかった。美濃の苗木《なえき》藩の住人の何十倍もの人数を一瞬にして見てしまったわ。あれを騒ぎというのかのう、さすがに江戸はすごいな」

「お侍よ、江戸がすごいんじゃねえや、神田明神がすごいのよ。ありゃ、ただのばか騒ぎと違わあ」

と八五郎が威張った。

そこへ義助の女房吉《きち》ら女衆が貧乏徳利《どつくり》と茶碗を持ってきて、

「文政十年、新年おめでとうさん。神田明神はどうだったえ」

と男たちに茶碗を配って酒を注《つ》いでくれた。

「雪見酒か、よしよし」

と義助が茶碗を善次郎に渡してくれた。そこへ佳世が芳之助を背に負ぶって姿を見せた。手には焼いたスルメの皿を載せていた。

「おお、ツマミまであるのか。悪くないな」

茶碗酒を手にした善次郎は綿入れに包《くる》まれた芳之助を見た。

「寒くはないか」

「ねんねこに包まれております。芳之助の温《ぬく》もりが私にも伝わってきて気持ちがようございます」

「さようか、なによりだな」

女衆を含めた長屋の住人が、神田明神から聞こえてくる新春の祝詞を聞きながら茶碗酒を手にしたのを見た善次郎は、差配の義助に視線をやった。ところが義助はすでに酒を飲み干していた。格別に挨拶などないのかと得心《とくしん》した善次郎は、

「一口長屋のご一統《いっとう》にひと言申し上げる。われら一家、馴染《なじ》みのない江戸の暮らしを案じておったが、まさか新春早々にかように接待まで受けるとは喜ばしいかぎりでござる。お礼を申し上げたい」

と茶碗酒を差し上げた。

「ちょ、ちょっと待ってくんな。おれの茶碗の酒は勝手に胃の腑《ふ》に落ちやがった。新たに注ぐからよ」

と慌てて二杯目を注いだ義助が、

「一口長屋の住人がよ、助八《すけはち》なんてろくでなしから小此木さん一家に替わってよ、長屋がさ、一段と品よくなったな、格が上がった感じがしねえか。このご時世に剣術達者の侍が住んでくれてさ、うちに押し込みなんぞが入る心配はないもんな。わっしのほうがおめえさん一家に礼を申し上げたいくらいだ」

と慌てて差配の挨拶をした。

「いい年になるといいね」

との吉の言葉に長屋の住人が頷《うなず》き合い、茶碗酒を飲み干したり、口をつけたりした。

二

徹宵《てつしょう》した小此木善次郎は江戸で初めての新年の習わしを果たし、神田明神下の一口長屋で仮眠することにした。

何刻か。

佳世が吉ら長屋の女衆に教わって新しく張り替えた腰高障子戸《こしだかしょうじど》の光の差し込み具合から察して九つ半（午後一時）時分かと推量した。そして、どうやら雪は降り止んだかに見えた。

長屋のどぶ板を踏んで人影が通り、差配の義助の住まいを訪ねた気配があった。

(元日早々なにごとか)

と思いつつ、善次郎はもうひと眠りしようかどうか迷った。

善次郎と佳世の間に芳之助が母親の片腕に抱かれて寝ていた。

すると突然腰高障子戸の向こうから義助の声がした。

「小此木さんよ、元日から仕事だぜ。起きなせえ」

との声がした。

「起きておる。しばし待たれよ。仕度を致す」

寝間着《ねまき》代わりの古浴衣《ゆかた》を脱ぎ捨てると壁にかかっていた小袖《こそで》を急ぎ着て、角帯《かくおび》を巻いた。さらに袖無しの綿入れを着込み、一応これまた古着屋で佳世が買い求めた羽織を重ねようとした。すると、

「おまえ様、手甲脚絆《てっこうきゃはん》と足袋《たび》をおつけなされ」

と眼を覚ました佳世が言った。

暮れに降り出した雪に、手甲脚絆や足袋などあれこれと古着屋で買い求めていたようだ。雪のせいで大仰《おおぎょう》なことになったと思いながら寝床に腰を下ろすと、

手早く身につけた。それにしても、

（なんとも江戸は便利なところだぞ）

と思った。

羽織を着ると先祖伝来の長谷部國重を手に土間《どま》に下りた。

「義助どの、雪は上がっておるな」

「おお、差し当たって今は降ってねえや」

との義助の声に上がり框《がまち》に置かれた破れ笠を見て、

「笠は要るまい」

と呟《つぶや》いた。

足駄《あしだ》を履いた善次郎は、

「佳世、出てまいる」

と呼びかけ、

「お気をつけてくだされ」

と佳世から声がかかった。

「案ずるな」

と応じた善次郎が腰高障子を引いた。

するとき寝間着に綿入れを着込んだ義助の背後にふたりの若《わか》い衆《し》がいた。神田明神の真新しい法被《はっぴ》を着ている。

「なに、神田明神で騒ぎかな、そうじゃや、未明の掏摸に仲間がいたか」

「いや、ありゃ、おめえさんが四人を叩きのめして寺社方の同心に渡したよな、あれで事が終わった。こりゃ、別口でよ、神田明神の権宮司《ごんぐうじ》さんからのお呼び出しだぞ。強盗の礼じゃなさそうだ」

「ということはそれがし一人《いちにん》のお呼び出しかな」

「おれはいいとよ」

と義助が残念そうな顔をして、

「それにしても元日早々権宮司のお呼び出しとはただごとじゃないぞ」

と後ろの若い衆に善次郎を引き合わせた。ふたりが無言で頷き、

「ご案内します」

と一口長屋の木戸口に向かった。

雪が止んで、神田明神の門前から大勢の初詣客の気配が伝わってきた。

「そなたら、それがしの呼び出された理由《わけ》を承知かな」

「いえ、権宮司から直《じか》にお呼びしてくれと命ぜられた以外、御用の内容までは聞

かされておりません」

と若い衆のひとりが応じた。

「権宮司どのからのお呼び出しな」

善次郎は神田明神については拝殿を目にしたくらいで、なにも承知していなかった。

「権宮司とはそなたらのお仲間かな」

「とんでもないことです。私どもは下々の見習神官です。権宮司は神田明神の数多《あまた》の神職の中で宮司に続いて上から二番目に偉いお方です。私ども、権宮司から初めて直に用事を申しつけられました」

ふたりのうち年かさの者が善次郎に応対していたが、権宮司と発する折りには緊張があった。

「ほう、お偉い権宮司様な、それがし、全く存ぜぬが」

と独語した善次郎は、未明の黒衣装の四人組の一件でなんぞ差し障りがあったか、と考えてみた。が、それ以上のことは思いつかなかった。

「小此木様と申されますか」

「いかにも小此木善次郎と申す。それがなにか」

「私、三河国《みかわのくに》のさる神社から江戸総鎮守神田明神に派遣されてきた見習にございます。小此木様のお言葉に親しみを感ずるのはどうしてでしょうか」

「おお、そなたは三河の出か。それがしは二年半前まで美濃の苗木藩の家臣であった者よ。当然われらの訛《なま》りは似ておろうな」

「苗木には私の縁戚《えんせき》も住んでおります。宮田修一《みやたしゅういち》にございます」

と名乗ったとき、三人は神田明神の門前に来ていた。

「な、なんだ、この行列は、初詣の衆で身動きもつかぬぞ」

「はい、私たちがお迎えに来た理由です。私らの間に挟まれてこの行列を抜け、社務所に参りますぞ」

と善次郎は言われて宮田修一の背後に従った。

社務所の御用部屋で権宮司那智羽左衛門《なちうざえもん》が待ち受けていて、善次郎と面会した。

「小此木様は一口長屋にお住まいとお聞きしましたが真《まこと》ですかな」

六十代の半ばと思《おぼ》しき那智権宮司が質《ただ》した。

「およそ半年前より一家三人で暮らしております。神田明神下に思いがけず住まいすることになってこれ以上の運はあるまいと思うております」

と正直な気持ちを告げた。

「それはなによりでした」

「ところでそれがしになんぞ御用でござろうか」

「はい。偶《たま》さか一口長屋の大家、米問屋の越後屋《えちごや》嘉兵衛《かへえ》さんと最前会いましてな、雪の中で立ち話を致しました。その折り、そなたの名が出てまいりましてな、しまったと思いました」

「おや、しまったとは、どういうことでございましょう」

やはり厄介ごとか、と善次郎は緊張した。

「越後屋にそなた様の腕を借り受ける話を先取りされたということです」

「はあっ、こちら様でもそれがしに御用がございましたか」

思いがけない話だった。

「迷惑ですかな」

「いえ、さような考えは毛頭《もうとう》ありません。ただ驚いた次第でござる」

「小此木様、新年の神田明神はご覧になったとおり大混雑です。毎年正月はかように、いえいえ、正月だけではありませんぞ。うちは年中参拝客がありましてな。あれこれと騒ぎが生じます、そなたのお力をお借りしようと考えている矢先に越後屋に先取りされてしまった」

善次郎はしばし沈思した。

「権宮司どの、越後屋どのの御用、始終ございますまい。神田明神の御用のあるときはいつなりともお申しつけくだされ」

「さようですか。ならばただ今から社務所の番所にお詰めくだされ」

那智権宮司は性急にも命じた。

善次郎はなにごとも事が素早く動くのが江戸かと改めて感心しながらも、

「正月元日ですぞ」

と言うてみた。

「ゆえにあれこれと騒ぎが起こります」

と権宮司がいささか自慢げに言い切った。

「さようでござるか」

と善次郎は曖昧に返事をした。すると権宮司が、

「差し当たって正月松の内はこちらに詰めていただいて、松の内明けに向後のお手当ての額を決めましょうか。むろん小此木様が御用にて怪我をなさった折りは、治療代をすべてうちで持ちます。どうですな」

なに、怪我を負うような御用かと善次郎は考えながらも、

「それがし、川向こうの幽霊坂《ゆうれいざか》の剣道場青柳七兵衛《あおやぎしちべえ》先生のもとに毎朝、稽古に出ておりますが、それはよろしゅうございますかな」

「青柳道場で客分として門弟衆《もんてい》を指導しておると越後屋から聞いております。松の内はいつもより早めに切り上げてくれませんか。松の内を過ぎてからはいつもどおりで結構です」

「相分かりました」

と答えた善次郎は越後屋から一年二十五両の手当てを頂戴していることを口にしなかった。未《いま》だ神田明神の仕事がどのようなものか、いくら手当てが出るのか不明だったからだ。その代わり、

「越後屋と御用が重なった折りはどうしましょう」

「まずさようなことはありますまい。さような事態が生じた際は、うちと越後屋とが話し合ってどちらが優先されるべきか決めます」

ならば、と頭を下げて請け合った。なんだか急に仕事が殺到した感じだ。

善次郎は、神田明神の参道を望む番所に案内された。すると宮田修一が、

「小此木様、私どもの頭分に就かれましたか」

と神田明神の紋入りの法被を差し出した。修一は別のだれかから聞かされたか、

「小此木様の格別なお仕着《しき》せと手形《てがた》は松の内明けにお渡しできるそうです」

と言い添えた。

「なに、それがし、神田明神のお仕着せを着て、手形まで携《たずさ》える御用に就いたか」

善次郎の知らぬところですべてが決まっていた。神田明神の看板を負っての御用か、なんとも派手なことになったものだと思った。ともかく差し出された法被を着てみた。

「ようお似合いです」

と修一が首肯した。

一口長屋に訪ねてきたとき、善次郎の体つきから寸法を推量されていたか。

「小此木様は、神田明神の境内を承知ですか」

「承知もなにも拝殿を外から見たくらいだ」

「ならば私がご案内します」

番所の入り口の壁に年季の入った竹棒が立てかけてあった。杖とはいささか違う用途に使うものか、

「修一どの、この竹棒を借り受けてよいか。なんぞ事が起こった折り、毎度刀に

頼っていては江戸総鎮守神田明神に差し障りが生じよう」

「そうですね。竹棒のほうが穏やかですね」

修一もなんに使われている竹棒なのか知らぬようで、そう言った。

善次郎はごつごつした節のついたままの竹棒を手にして番屋の中で振ってみた。二尺五、六寸（約八十センチ）か、善次郎の手にぴたりと馴染んだ。

「よかろう、修一どの、案内方を願おう」

と乞うと、

「小此木様、見習神官に敬称は要りませぬ。修一と呼び捨てくだされ」

と願われた。

「ふたりの間ではそう致そうか」

両人の間の役目と年齢差を考えたうえで、善次郎は了承した。だが、宮司や権宮司がいる前では敬称をつけるつもりの善次郎だった。

刻限は八つ（午後二時）時分か。いよいよ神田明神の門前から拝殿前はびっしりと参拝客で埋まっていた。

「かような賑《にぎ》わいが松の内じゅう続くのであろうか」

「はい、去年初めて初詣のお客様を見て、私、魂消ました。だって三河の神社とは比べようもありません」

「おお、わが生地、美濃の苗木神社も同じだな。江戸総鎮守の神田明神には、修一ではないが魂消た数の年始客が訪れるものよのう」

と感嘆した。


修一に導かれて神田明神の拝殿の奥にある本殿をはじめに見て回った。あれこれと説明を聞かされたが、善次郎は半分も理解できなかった。

半刻《はんとき》（一時間）後、ふたりはふたたび本殿まで戻っていた。本殿には神田明神と代々の付き合いの氏子幹部衆がお詣りしていた。大勢の初詣客は拝殿にて引き返した。

二度めは本殿には足を踏み入れず外から修一が説明をしてくれた。やはり元日の本殿は格別なのだろう。どこからともなく荘厳《そうごん》な祝詞が響いてきた。

「どうですね、いくらかお分かりになりましたか」

「修一の説明、なかなかでござったが、よう分からぬことも多々あった」

と善次郎は正直に答えていた。

荘重な祝詞に笙《しょう》の調べが加わった。

「私も足かけ二年ほど神田明神で過ごしておりますが、他人様《ひとさま》の言葉を受け売りにしているようで、私自身が理解できているのかどうか」

ところも忌憚《きたん》のない答えだった。

そのとき、本殿の中から聞こえていた祝詞が途絶え、押し殺したような脅し文句がふたりのいる場所に漏れてきた。

「親分さん、お話は松の内が明けたのち、改めてお聞きしますでな。本日はこのままお引き上げ願えませんか」

権宮司の那智羽左衛門の声に善次郎には聞こえた。

「権宮司さんよ、うちは正月元日に年始詣りに来ると何遍も使いを立ててあらあ。なんだえ、うちの親分だけ帰れだと。一体どういうことだ。そんな魂胆《こんたん》なら、火鉢の火に菜種油《なたねあぶら》をぶっかけようか」

との新たな脅し文句が聞こえた。

「修一、だれか分かるか」

「いえ、時折り、あのような面々が金を集《たか》りに来ます。寺社奉行支配下の役人を探してきましょうか」

「この人出の中で役人を探すのは容易《たやす》くはなかろう。そなたひとりな、本殿に表から入り、しばし時を稼いでくれぬか。それがし、裏戸から本殿に忍び込もう」

との善次郎の言葉に、合点《がってん》承知です、と答えた修一が本殿の表に向かった。

善次郎は裏口に走り、本殿へと入り込んだ。表から、

「権宮司様、寺社奉行様がお成りです。ご案内してよろしゅうございますか」

との修一の声が裏口に回った善次郎の耳に聞こえてきた。

「なに、寺社奉行様おひとりか」

「いえ、ご家来衆も大勢お連れになっていますぞ」

「おお、それは、それは、お呼びしなされ」

との権宮司の声が応じた。

修一が本殿から姿を消した気配があった。

「下谷御成街道《したやおなりかいどう》の中造《ちゅうぞう》親分さん、お聞きのとおりですがよろしゅうございましような」

しばし間を置いた中造親分とやらが、せせら笑い、

「那智権宮司さんよ、寺社奉行というのは譜代大名だぜ」

「いかにもさようです。ゆえにたくさんのお家来衆を伴ってございます」

「ふざけんじゃねえや。正月元日、寺社奉行ならば城中に初出仕《しゅっし》だぜ。見習小

僧に妙な知恵をつけたのはだれだえ」

下谷御成街道の中造親分が修一の知恵をあっさりと見破った。

「ああー」

と権宮司が悲鳴を漏らした。

「宮司さんよ、おれたちの足代《あしだい》、最前の二倍にしようか」

「えっ、千両ですか」

「おお、拝殿の賽銭箱にはじゃらじゃらと賽銭が投げ込まれていらあな。だがよ、わしらは賽銭箱の銭は要らねえや、江戸の総鎮守神田明神を支える旦那衆が本殿に持ち込んだ金子から千両ほど頂戴しようというんだ。それが嫌なら、正月早々本殿が炎に包まれるぜ。ついでによ、宮司も旦那衆も炎を被って死にねえな」

「正月早々、乱暴な真似はやめてくだされ」

と那智権宮司が悲鳴を上げた。

「正月元日だからよ、こうして一家で本殿に押しかけたんだ。いいかえ、ここの騒ぎは表には聞こえないぜ。役人どもの眼も年始客にだけ向けられていらあ」

そのとき、神田明神の真新しい法被に身を包んだ善次郎が竹棒を杖のようについて本殿に姿を見せた。

「てめえはなんだ」

中造の番頭格と思《おぼ》しき男が長脇差《ながどす》の柄に手をかけて叫んだ。

「それがし、江戸の総鎮守神田明神の守護人《しゅごびと》小此木善次郎でござってな、そなたのような悪たれを成敗する神様の使いにござる」

三

「なにっ、神様の使いだと。面白《おもしれ》えや。やってみねえ」

中造の声に子分たちが一斉に長脇差を抜いた。

菜種油の桶《おけ》を手にした大男の子分が本殿の蠟燭《ろうそく》にぶちかけようとした。下谷御成街道の中造一家の用心棒剣客らが無言で善次郎を睨んでいた。出番を思案している気配だった。

その瞬間、善次郎が手にしていた竹棒が飛び、その先端が大男の胸に当たり、

「い、痛え」

と大男が桶を離した。

駆け寄った善次郎が桶を咄嗟に摑み、本殿の裏扉に走り、火の気がないことを

見定めて外に投げた。

「許せねえ」

と叫んだ親分のもとに走り戻ってきた善次郎が、

「そのほう、何者だ」

とわざわざ質しながらひと働きした竹棒を拾った。

「おりゃ、下谷御成街道の中造だ」

「ほうほう、この界隈《かいわい》には蛆虫《うじむし》が多いのう。よほどエサが落ちておるか」

「おのれ、中造親分を蛆虫扱いにしおったか」

それまでなりゆきを見ていた用心棒剣客の頭分が善次郎の前に立った。

「そなたら、中造の用心棒じゃな、どうだ、中造親分はそなたらの命代をいかほど支払っておるな。ちなみにそれがし、神田明神社に雇われたばかりでな、未だ稼ぎを教えられておらぬ。そなたらの値を聞いて参考に致そうか」

「ふざけおって。東軍一刀流《とうぐんいっとうりゅう》免許皆伝綱引左太郎兵衛篤忠《つなびきさたろうひょうえあつただ》、そのほうがごとき在所者といっしょにしおって、許せぬ」

「おうおう、ご立派な肩書きにござるな。ようも覚えられた、それがし、とてもさように長い名乗りは覚えられぬ、感心致す」

善次郎が竹棒の先で本殿の床に肩書きを書く真似をした。

綱引が配下の三人に顎《あご》で命じた。むろん善次郎を叩きのめして、中造親分の前で技量を見せろと言っているのだ。

「中造親分、そなた、この四人の腕前を承知して雇ったのであろうな」

と善次郎が竹棒を止めて質し、

「綱引先生、こやつ、叩きのめせば格別に祝儀《しゅうぎ》を払いますぞ」

と中造が懐に手を入れた。

「おうおう、それはありがたき幸せ」

と応じたのは綱引ではなく善次郎当人だった。

「なにがありがたき幸せか。そのほうが立ち入る話ではないわ」

「おや、さようであったか。で、われら、用心棒同士、立ち合わねばならぬか。一対四人。いささか物足りぬな」

とそらっ惚《とぼ》けて応じたとき、綱引を除いた三人が刀を抜き放って竹棒を携えた善次郎に斬りかかろうとした。

神田明神本殿は広く、天井は高かった。

そのことが三人の用心棒剣客たちの気持ちを楽にしていた。ふたりは抜き放った刀を上段《じょうだん》と八双《はっそう》に構え、最後のひとりは下段《げだん》に大きく流していた。

善次郎は節だらけの竹棒を手に大胆にも上体《じょうたい》を屈《かが》めて迅速果敢《じんそくかかん》に踏み込んだ。

三人の動きより何倍も素早かった。

竹棒が下段の構えの剣客の腰を叩き、左手に跳んで八双の構えから斬り下ろす相手の胸を突き、次の瞬間には右手に大きく跳び戻って上段の構えの三人目の首筋を打ち据えていた。

一瞬の間だった。

「小此木様、やるな」

と本殿の薄闇に隠れ潜《ひそ》んでいた修一が褒めた。

「おお、修一どの、そちらにおられたか。残るはあとひとりゆえ、しばし待たれよ」

本殿に参集していた神田明神の宮司以下の高位の者たちまで、

「ほうほう、権宮司が最前申した当神社の守護人候補はあの者でござるか」

「いかにもさよう。どうですな」

「なかなかの腕前」

「見物《みもの》ですな。もはや候補の二文字は外してよかろう」

などと言い合った。

那智権宮司の頭の中では、未だ小此木善次郎は守護人候補のひとりであったのか。

(ここでひと働きしてみせて本雇いにしてもらうか)

という考えが頭を過《よぎ》った。

一方、下谷御成街道の中造は、

「綱引さんよ、たったひとり相手になんてこった」

と怒鳴り上げた。

「仲間の三人め、在所者の軽口に気を抜いて油断しおったのだ。親分どの、それがしが叩きのめすで、とくとご覧あれ」

綱引左太郎兵衛が言い放つと、悠然と善次郎に向き合った。

「小此木善次郎というたか。それがしにはそのほうの軽口は効かぬ」

「と申されると」

「真剣勝負を望む」

「とは申されますが、江戸総鎮守神田明神にて正月早々に斬り合いはどうかのう。ましてこちらは御本殿にござる。血を見る立ち合いは避けたほうがよかろう。下谷御成街道の中造親分、そなたの面目《めんもく》にかかわらぬか」

と善次郎が中造を見た。

「おまえさん、在所者にしては口が達者だな。この期《ご》に及んでもはや真剣勝負しか残されておりますまい。うちが生き残るためにも綱引さんの刀にかけるしかありませんや」

と中造が言い放った。

「さようか、致し方なき仕儀《しぎ》か。相分かった」

と応じた善次郎は、

「綱引どの、相模国《さがみのくに》鎌倉《かまくら》住長谷部國重にてお相手致す」

「ほう、在所者め、剣まで如何様《いかさま》か」

「いかにもさようと答えておこうか。まあ、忌憚なくお答えすれば、剣は道具でござってな、使う者次第でござろう」

「ああ言えばこう言うか。もはや問答無用」

綱引が刀を抜き放ち、正眼《せいがん》に置いた。

一方、善次郎はただだらりと両手を下げた。

両人がその構えで見合った。

刻が静かに過ぎていく。

綱引は間合いの内に入り切れないでいた。饒舌《じようぜつ》な口ぶりと茫洋《ぼうよう》とした人柄の善次郎の技量をどう捉えればいいか、見極められないでいたのだ。

一方、善次郎は、ただ綱引の挙動を眺めていた。格別に急ぎ勝負を決める理由などなにひとつなかったからだ。

両人不動の間にも刻が過ぎていく。

善次郎は相手が動けないとみて誘いをかけた。

腰の長谷部國重をくるりと返した。

江戸期、打刀《うちがたな》は反りを下に、刃を上に向けて手挟《たばさ》む。だが、この習わしを捨てて、刃を下に向け直したのだ。

(なにをなす気だ)

綱引左太郎兵衛は、善次郎の行いを訝《いぶか》しげに見た。

小此木善次郎にとって、上刃であれ、下刃であれ、なんの差し障りもなかった。美濃の苗木城下を佳世と出て、大垣《おおがき》城下で佳世が懐妊《かいにん》していることが分かった。となれば旅を中断するしかない。

その折り、大垣城下や藩内の祭礼の際、夢想流抜刀技を工夫して見世物芸にし、なにがしかの投げ銭を稼ぐことを覚えた。

もはや屋敷奉公の家臣であれ、浪人であれ、表芸の剣術では食えない時代が到来していた。剣の技を稼ぎに使う競争相手が数多いた。そんな一人《いちにん》に薩摩《さつま》の出という武芸者がいた。

互いに名前を教え合わぬ相手から薩摩藩のお家流の示現流《じげんりゅう》の武骨《ぶこつ》にして勇壮な剣術を習い、善次郎は夢想流抜刀技を教えた。

そのとき、善次郎は初めて知った。

薩摩示現流は、下刃で腰に手挟むのだ。となれば、抜き手の動きは上刃とは当然異なった。

善次郎は薩摩者から教わった下刃での抜刀技を自ら創意工夫したのだ。ゆえに善次郎は打刀を上刃でも下刃でも使うことができた。

綱引にとって薩摩剣法は未知のものであったらしく、訝しげな表情で見つめていたが、

「剣だけが如何様と思っていたが剣術まで見世物芸か」

と蔑《さげす》む言葉を吐いた。

「おお、いかにも見世物芸でござる。下刃、試されるか」

「おお」

と叫んで応じた綱引が厚みのある豪剣《ごうけん》を上段に移して構え直すと、間合いをはかった。

睨み合う不動の構えは善次郎の言葉で崩れた。とはいえ、善次郎は身につけた薩摩剣法を國重で使う気はない。

下刃の峰で綱引の一撃に抗《あらが》う心算《こころづもり》だった。

「トリャア！」

と絶叫した綱引が腰を沈めた善次郎に襲いかかってきた。

善次郎は見世物芸人時代に覚えた下刃の抜刀技で応じた。

上段からの豪快な一撃を見極めつつ、さらに腰を沈めた善次郎の薩摩示現流を取り入れた抜刀技が綱引の視界の外から光になって伸びていく。そして、國重の峰が相手の脇腹をしなやかにも強打した。

「うぐっ」

と呻き声を漏らした綱引の体が虚空《こくう》に飛んで、神田明神の本殿の床に転がって悶絶《もんぜつ》した。

寸毫《すんごう》の隙《すき》もない早業だ。

戦いを見物していただれひとりとして善次郎の早業をしっかりと見た者はいなかった。

「な、なにが起こったか」

用心棒綱引某《なにがし》の雇い主、下谷御成街道の中造も呆然自失して言葉を失っていた。

そんな中、善次郎は沈み込んだ姿勢からゆっくりと伸び上がり、長谷部國重を鞘に静かに納めるかと思いきや向きを変え、切っ先を中造に突きつけた。

「嗚呼《ああ》」

と悲鳴を漏らす中造に、

「中造と申したな。そなたの用心棒だがな、半年ほどは使いものになるまい。縁あって雇った剣術家だ。そのほうの住まいに連れ戻り、医師の治療を受けさせよ」

と善次郎が命じると、がくがくと頷いた。

「おお、そうじゃ、忘れぬうちに言うておこうか。最前、そなたが神田明神の宮司方に申し出た金子、五百両であったか、千両であったか、一文たりとも支払いはせぬそうな。

また向後、神田明神になんぞ注文がある折りは、一口長屋の住人にして神田明神および米問屋越後屋の守護人小此木善次郎がそなたの御用を承ろうでな。ただし、次の機会の応対、本日ほど手ぬるくはないぞ。相分かったか」

と言い放った。


下谷御成街道の一角に一家を構える中造親分ら一統が蹌踉《そうろう》と引き上げたあと、権宮司の那智羽左衛門が、

「小此木様、そなたの剣術、並みではないな」

と感嘆した。

「いや、相手が相手でござる。それだけのこと」

と応じた善次郎が、

「それにしてもこの界隈、なんとも渡世人が数多門戸を張っておられるな」

「それもこれも江戸総鎮守の神田明神があるおかげですぞ。人が集まれば当然金も動きます、そしてやくざ者がのさばってくる」

那智権宮司はどことなく自慢げに胸を張り、

「中造相手に『一口長屋の住人にして神田明神および米問屋越後屋の守護人小此

木善次郎』と名乗られましたが、あの言葉、本心でございますな」

と念押しした。

「おお、あの言葉は勢いで口をついたものでな、こちらに差し障りあるならば撤回致す」

「小此木様、いえ、神田明神の正月元日、神職一同が本殿にて参集した場での言葉でございますれば、もはや撤回は無理でございますぞ。本日、この場に越後屋嘉兵衛さんはおられませんがな、私の言葉は越後屋さんの言葉、越後屋さんの考えは神田明神の考えですでな」

と言い切った那智権宮司の返答に宮司以下の面々が大きく首肯した。それを確かめた那智権宮司が、

「未だそなた様の給金が決まっておりませんでしたな。この松の内の間に米問屋越後屋の九代目嘉兵衛さんと話し合いましてな、改めてそなた様の俸給を決めたく存じます。それではなりませんかな」

「それがし一家、一口長屋に住まいしておりますれば、格別に急ぎ決めていただく要はありません」

「いえ、金銭のことはないがしろにしてはなりますまい。ともあれ、松の内の間

は、小此木さん、うちの番所に詰めてくだされ。まあ、小競《こぜ》り合《あ》いはうちの男衆で事が足りましょう、小此木さん自らが出馬することは滅多《めった》にありますまい。控えておられるのが大事でございましてな」

と那智権宮司が言い切った。さらに、

「小此木様、松の内明けに那智権宮司を交えて向後のことをとくとお話ししましようかな」

と狩衣《かりぎぬ》姿の宮司が言葉を添えた。

「それがし、番屋に詰めておりますで、なんなりともご用命くだされ」

と言い残して本殿を出た。すると見習神官の修一が従ってきた。

「小此木様、大変な話になりました」

「おお、わけが分からぬうちにそれがし、神田明神の守護人、ひらたく言えば用心棒に就いたのであろうか」

「はい、小此木様は神田明神の神職以外の、奉公人たちの頭分に就かれるのではありませんか」

「修一どの、それがし、半年ほど前に江戸に住まい始めたばかり、江戸の総鎮守神田明神の裏方の頭分など務められようか」

と首を捻った。

ふたりが本殿から拝殿へと向かうと、新年の参拝者は減るどころか、さらに増えていた。そんな立錐《りっすい》の余地なき参拝者を神田明神の男衆らが櫓《やぐら》の上から見張っていた。修一が言う奉公人たちだ。

「修一どの、この参拝客の到来はいつまで続くのであろうか」

「おそらくただ今の刻限がいちばん多いと思われます。むろん三が日、さらには松の内七日までは参拝者は参られますが、やはりなんといっても正月元日が一番すごうございます」

「この行列、神田明神の境内に限ってのことかな」

「いいえ、昌平橋《しょうへいばし》まで延々と湯島《ゆしま》一丁目の坂道を行列が続いております」

「な、なんと昌平橋まで行列は続いておるか」

善次郎はしばし考えた末、

「修一どの、それがし、行列の末尾から見ておきたい。御用の最中にさようなことができようか。あるいは権宮司に断ったほうがよいかのう」

「私、権宮司様に小此木様と行動をともにせよ、と申しつかっております。ゆえに境内外の行列もまた神田明神の警固の範囲かと思われます」

と言い切った。

そんなわけで昌平坂学問所・聖堂の壁に従い、湯島一丁目から湯島横町へ出て、神田川を見下ろす昌平坂へと行列を眺めつつ、昌平橋へと下っていった。

行列は修一が言うように神田川右岸の昌平橋あたりまで続いていた。ここには俗に八辻原《やつじがはら》と称する広場があり、徒歩《かち》や駕籠《かご》、さらには神田川に借り切った舟で乗りつける参拝者が未だ続々と姿を見せていた。

「なんということか」

善次郎は言葉も浮かばなかった。

「小此木様、わが故郷の岡崎《おかざき》じゅうの住人どころか、何十倍何百倍もの参拝客が神田明神を目指しております。信じられません」

「おお、目《ま》の当たりにしていても信じられぬな。それがし、初めて見る光景じゃぞ」

「はい。私は二度目ですが、国許《くにもと》の両親に文《ふみ》でこの模様を書き送りましたところ、母からは江戸に出て上気《じようき》しなさったか、落ち着いて修行しなされとの返書をもらいました」

「ああ、こうして眼前に見ているわれらが信じられぬのだ。母御《ははご》がそう申されるのも無理はない」

と答えながら、小此木善次郎は初めての江戸の正月にこれまで覚えたことはない感慨に見舞われていた。そして、

（生涯神田明神に関わって生きていく）

と確信した。

四

かくして松の内の五日まで小此木善次郎は、神田明神の守護人として忙しく幽霊坂の神道流青柳七兵衛道場の朝稽古には通えなかった。そこで一口長屋の庭先で江戸の町並みを見ながら、丁寧を心がけながら木刀の素振りを繰り返した。さらに長谷部國重刃渡り二尺三寸五分を腰に差し、夢想流抜刀技を重ねて稽古した。本身《ほんみ》を使っての稽古は木刀稽古とは違い、体の構えから抜きまで、幼いころに父に教わったとおりに演じた。

抜刀技は一瞬の剣技ゆえ心身を集中させて行わねばならない。ゆえに初心を思い出しつつ得心するまで繰り返した。

松の内、独り稽古をなして湯屋の一番風呂に入り、朝餉《あさげ》を食し、神田明神の拝殿に拝礼して警固方を務めた。新年五日間を神田明神の境内と門前町で過ごすことになった。

この半年余りに生じた騒ぎを次々と取り鎮《しず》めたせいか、善次郎の陰流苗木《かげりゅうなえぎ》の腕前は、神田明神界隈にそこはかとなく知れ渡り、そのおかげか、松の内に大きな騒ぎは生じていなかった。

ときに浪人剣術家が数人の仲間とともに門前町の縄暖簾《なわのれん》の居酒屋で騒ぎ立てることもあった。むろん小金稼ぎだ。

店では小僧に善次郎を呼びに行かせ、あれこれと曰《いわ》くを並べて、暇《いとま》を稼ぎ、善次郎の登場を待った。とはいえ、居酒屋と善次郎が格別に懇意《こんい》というわけではない。それでも呼ばれれば素直に小僧の案内に従った。

「おお、なんぞ厄介ごとでござろうか」

善次郎がのったりとお店に姿を見せると、応対していた店主が、

「おお、お出ましになられましたか。いえね、こちらの浪人さん方が小此木先生の夢想流抜刀技を拝見したいと申されますでな、小僧さんを呼びにやりました。過日、神田明神にて小此木先生が抜刀技を披露した折りに立ち合った四人組の剣

術家は、いやはや、抜刀技に魂消たか、半年は使いものにならんそうですな。本日もこちらのお方に披露してくれませぬかな」

と心得たもので大仰に言い立てた。

「われら、さような御託《ごたく》を口にした覚えなし」

と浪人のひとりが漏らし、一方善次郎も、

「おお、それがしの抜刀技は見世物ではないぞ、旦那どの」

と名前も知らぬ店主に抗った。

「いかにもさようでございますな。とは申せ、幽霊坂の神道流青柳道場で百人組手ならぬ、百本抜刀技を稽古されておられるではありませぬか。自慢の豪刀《ごうとう》、長谷部國重にてご披露願えませぬか」

とどこで知ったか、虚言《きよげん》を交えて善次郎の稽古ぶりをいい加減に述べ立てた。

致し方なく小此木善次郎が浪人たちを見た。

「おお、このご時世、お互い剣術では飯が食えませんな。それがしも神田明神守護人として、なんとか生計《たつき》を立てておる始末。剣術が見世物ではないと心得ておりますが、どうです。ご覧になられますかな」

と夢想流抜刀技の構えを取ると、

「あいや、われら、多忙でござってな、おぬしの抜刀技の拝見はまた改めて後日と致そう」

と浪人組の頭分が店主と善次郎の掛け合い問答に騙《だま》されたか、早々に立ち去っていった。

「おお、小此木先生の武名、どうやら門前町で定着しましたな」

と名も知らぬ店主が感心してみせた。

「旦那どの、その小此木先生はやめてくれぬか。いささか恥ずかしいでな」

「いえいえ、神田明神と米問屋越後屋の守護人を小此木善次郎様が務められるかぎり、先生に間違いはございませんな。ともあれ、うちのようなお店もなんとかあのような浪人者の齎《もたら》す難儀を免《まぬが》れます」

門前町の居酒屋の主が言い添えた。

どうやら善次郎が神田明神と米問屋の越後屋の守護人を務めていることが知れ渡り、門前町で自分たちも小此木善次郎の庇護《ひご》下にあると勝手に解釈して、かように呼び立てたようだ。むろん善次郎と礼金の話など一切ない。その代わり、

「小此木先生、どうぞ畳座敷にお上がりになって、うちの名物のどじょう鍋で一杯飲んでいってくだされ。酒は下《くだ》り酒、上酒《じょうしゅ》ですぞ」

と袖を引っ張って細長い板の間に畳を並べただけの畳座敷に誘おうとした。

「旦那どの、さような斟酌《しんしやく》は要らぬ。それがし、神田明神と米問屋越後屋の御用でそれなりに忙しいでな」

と言い訳して表に出ようとして、

「旦那どの、そなたの名はなんと申すな」

「へえ、どじょう屋の平吉《へいきち》です。わっしの名を知ってどうするつもりです」

「次に呼ばれた折り、名くらい知っておらんとな。差し当たって神田明神の権宮司那智羽左衛門どのに、そなたに呼ばれたことを告げておこう」

「わあぁっ」

と平吉が悲鳴を上げた。

「なんぞ不都合かな」

「権宮司の那智様は、門前町の小商人や奉公人には小うるさいんですよ。わっしが小此木先生をあのお方にお断りもなしで呼んだと知ったら、必ずやお呼びがかかりますぜ。なんだか、こっ酷《ぴど》く叱られそうだな。ううーん」

と唸った。

「さようか、権宮司はうるさいか」

「おうさ、先生、わっしの名を出すのは一口長屋の差配あたりで止めてくれませんかね」

「義助どのならよいのか。ならばこたびは差配の義助どのに留《とど》めよう」

と言い残してどじょうが名物という居酒屋をあとにした。

松の内の間、かようなばか騒ぎにあちらこちらから呼ばれた。どじょう屋の一件が都合よくいったと知れ渡ったからだろうか。

ときに義助が供《とも》をすることもあった。

「小此木さんさ、おまえさん、あちらこちらに気軽に呼ばれているらしいな。いくらか銭になるかえ」

「それがし、銭儲《もう》けのために呼ばれていくのではないわ」

善次郎は神田明神門前町をとくと知るために用事に応じておると答えた。

「なに、門前町を知るためか、おれがいるじゃねえか」

「そなたは一口長屋の差配の務めがあろう。そう始終それがしの供に呼び立てるのはどうかと思うてな。まあ、初めてのお店の暖簾を潜って問答を交わせば、門前町の一軒を直に知ることになるでな、それがしの勉強のためだ」

「おめえさん、律儀《りちぎ》だな。適当って二文字は小此木さんの頭にないか」

「ござらぬな。ともかく江戸の町屋は多彩でな、面白いわ」

「ふーん、よほど神田明神界隈が気に入ったようだな」

「さよう、それがしも佳世もこの界隈以外の江戸は知らぬ。だが、一口長屋といい、神田明神門前町といい、ぴたりとわれら夫婦の気持ちに嵌《はま》ったと思う。つまりは、気長な付き合いのためにだな、この界隈のお店を訪ねておると考えてくれぬか」

「ならばおめえさんの好きにするしかねえか」


松の内六日となり、神田明神の初詣客も少なくなった。

そこで善次郎は年末年始、休んでいた幽霊坂の神道流青柳道場に通い始めた。

すると筆頭師範の財津惣右衛門《ざいつそうえもん》が、

「おお、久しぶりかな。神田明神の守護人を務めておると聞いたが、どうだったな、今年の神田明神の人出は」

「師範、それがし、初めて迎える神田明神の年始じゃが、いやはや大変な人出に驚愕し申したという他、言葉が見当たらぬ」

「それがし、昌平橋の行列を見ただけで神田明神社に詣る気が起こらぬ。もう長いこと年始詣りに行っておらぬわ。小此木どのは神田明神界隈が好きになったようだな」

と財津師範が首を傾《かし》げたので、

「師範、こちらは変わりござらぬか」

と話柄《わへい》を変えた。

「年末年始は門弟衆も多忙でな、こちらは正月に飽きた年寄り門弟ばかりでのんびりと稽古をしておったわ。まあ、隠居連は暇を持て余してな、神田明神と同様に年始詣でだな、ただし、こちらには賽銭は一文も上がらぬ」

青柳道場の門弟衆の大半が直参《じきさん》、それも大身《たいしん》旗本の子弟《してい》か、大名諸侯の江戸藩邸の重臣の子弟だった。ゆえに年始は初登城などで多忙を極めた。となると隠居連は暇潰しに道場稽古に来ていたのだろう。

「ところで道場主の青柳七兵衛様のお顔が見えませんな」

「それよ。今年の具足開《ぐそくびら》きには、江戸有数の七道場の若手門弟衆を幽霊坂に集めてな、対抗戦をうちの道場で催すことに決まったのだ。その打ち合わせに七道場主が本日、顔を揃えておられて留守をしておるわ」

小此木善次郎は久しぶりの道場を見回した。

見所《けんじょ》には隠居然とした老武芸者が何人かいた。松の内はもう明けるがなお暇を持て余しているらしい。その傍《かたわ》らには甲冑《かっちゅう》が飾られ、その前に鏡餅が供《そな》えられた神道流青柳道場には大勢の門弟衆もいて、ぴりりとした稽古が展開されていた。

善次郎の視線の先を見た師範が、

「具足開きは武家方の正月の儀式だな。ゆえに暇潰しというだけでなく、ふだん顔を見せぬ年寄り門弟衆も道場に姿を見せて、稽古を見物しておられるのだ」

「当道場の具足開きはいつでござるな」

「青柳道場は正月十一日でござる。本年はこの日に最前申したようにうちで若手門弟衆の対抗戦を催すのだ。その他にもあれこれと催しがござるでな、それがし、極めて多忙であるな」

と言った財津師範が、

「おお、そうじゃ、七兵衛様がな、本年は小此木善次郎どのに陰流苗木か夢想流抜刀技を披露してもらおうかと漏らされておったわ。そなたも具足開きにひと役買いなされ」

「なに、それがしに神道流の代々の門弟衆を差し置いて在所剣法を披露せよと申されるか、いささか場違いではござらぬか」

「小此木どのは当道場を訪れて一年にもならぬが、すでに青柳道場のれっきとした客分師範じゃ、ふだん顔を見せぬ門弟衆にも披露するよき機会ではないか」

青柳七兵衛不在の折り、道場主の役割を務める筆頭師範が言った。

そのとき、七、八人の若武者がふたりのところに姿を見せて、善次郎が唯一名を知る安生彦九郎《あんじょうひこくろう》が、

「筆頭師範、お願いがございます」

と言い、全員で頭を下げた。すでに半刻ほどお互いに稽古をしていたか、鉢巻を締めた顔に汗を搔いていた。

「おお、小此木どのにそなたら、稽古をつけてもらいたいのであったな」

「いかにもさようです」

と安生が答え、全員で善次郎にまた頭をぺこりと下げた。

「小此木客分、この者ら、具足開きの折りに催される若手の対抗戦に出場する面々でな、安生の考えでそなたの指導を受けたいそうだ」

「おお、光栄なるお申し出じゃが、師範、それがしの在所剣法で指導とは差し支えござらぬか」

「『小此木どのの陰流苗木も抜刀技も在所剣法などではないぞ』。これは道場主青

柳七兵衛の言葉であってな、『小此木善次郎の剣、剣術の神髄《しんずい》に迫っておる』とも申されておるわ。若武者たちの願いを聞いてくれぬか」

と財津が対抗戦を前にした若者たちの願いを代弁して、幾たび目か若武者たちも頭を下げた。

「青柳先生に財津師範のお言葉とあれば、いっしょに稽古を致そうか」

と若い門弟衆と稽古をなすことになった。

広々とした青柳道場の見所近くでは代々の門弟衆が稽古をしていた。ゆえに善次郎は竹刀を携えて見所からいちばん遠い場所に行き、改めて面々と向き合った。

「それがし、小此木善次郎と申す。お手前方、よい機会に恵まれましたな。他道場の門弟衆との立ち合いは勝ち負けが大事ではござらぬ。神道流とはいささか違う剣術を、身をもって知ることこそ、対抗戦の意味、真の修行でござってな。まずはそなたらの構えを見てみようか。正眼に竹刀を構えなされ」

と命じると、十六、七歳と思しき若者たちが初々《ういうい》しくも正眼の構えを取った。

「安生どの、見事な正眼の構えにござるな。具足開きの催しの対抗戦は、この構えで通されるのがよかろう」

と言った善次郎は安生の他の若武者の構えを直していった。

「よかろう。それがしを対戦相手とみなし、正眼の構えから踏み込みながら打ちかかってこられよ」

指導する善次郎と若武者の間には一間（約一・八メートル）ほど間合いがあった。

「参ります」

と安生の気合いとともに若武者八人が順番に踏み込みつつ、竹刀を振るったが、形になっているのは安生のほかふたりほどであった。他は腰が浮いたり、足の運びがぎくしゃくしたりしていた。

「竹刀を力に任せて腕だけで振るってはならぬ。五体の動きに合わせて振るわれよ。よいかな、よう、それがしの踏み込みを見なされ」

安生の前に立った善次郎が正眼の構えから踏み込みつつ竹刀を振るった。安生は善次郎の竹刀がいきなり間合いを詰めて面打ちにくるとは想像もしなかったようで、両眼を思わず瞑《つむ》ろうとしたが必死で堪《こら》えて竹刀を受けた。

ばしり

と音がするほど険《けわ》しい面打ちのはずだった。が、善次郎の竹刀は、安生の脳天まであと五分（約一・五センチ）のところでぴたりと止まっていた。

「安生どの、ようもそれがしの竹刀の動きを見ておられたな。大事なことですぞ。よし、こんどは安生彦九郎どのの正眼から踏み込みざまの面打ちをそれがしが受け止めようか。よいか、初めての相手ゆえ力を抜いてはならぬ、安生どのがふだん繰り返す面打ちで、それがしに存分に打ち込みなされ」

と命じた。

「小此木先生、それがし、途中で止められませぬ」

「止めんでよい。叩きなされ」

「はあっ」

と曖昧な返答をした彦九郎に、

「力を抜いた面打ちと分かった折りには、それがしの竹刀がそなたの体を見舞いますぞ」

「本気で叩けと申されますか」

「おお、正眼の構えから渾身《こんしん》の力を込めて叩きなされ」

「はあ」

と彦九郎の返答には迷いがあった。

「そなたの得意技、連続面打ちを見たいのだ」

と命じられた彦九郎は、しばし瞑目《めいもく》し、両眼を見開くと間合いを取り、正眼に構え、

「参ります」

と告げると鍛え上げられた痩身《そうしん》が間合いを詰め、竹刀が善次郎の脳天に迫った。

彦九郎の連続面打ちをまともに食らった仲間は、失神を免れなかった。

ひとつめの面打ちが不動の善次郎の脳天を叩いた。いや、叩いたと思った。が、なぜか空《くう》を切らされていた。

(なぜだ)

と思いながらもふたたび体勢を整え、こんどこそ、と気持ちを切り替えて、得意の三連続打ちを放った。だが、悉《ことごと》く虚空を無益に叩いていた。

無益な攻めが際限《さいげん》なく繰り返され、よろめいてきたのは安生彦九郎だった。

第二章　抜刀技思案

一

翌未明のことだ。

善次郎は幽霊坂の青柳道場で独り真剣を握って稽古をしていた。そして、昨日の立ち合いを思い起こしていた。

彦九郎が動きを止めて善次郎を見た。

小此木善次郎は平然と立っていた。寸毫も動いた風はなかった。

(なにが起こったか)

彦九郎は戸惑ったあと、

「客分、もう一度竹刀を振るってようございますか」

と願った。

頷いた善次郎は、

「ならば竹刀を本身に替えてみませんか」

と勧《すす》めた。

冗談とは思えない口調での提案だった。

「本身ですか。刀で面打ちをなせと申されますか」

驚きの顔で問い直す彦九郎に、

「そなた、本身で独り稽古をしていますな」

と質した。

本身を長きにわたって振るってきた者の構えや形《かた》や動きには特有なものがあることを善次郎は知っていた。彦九郎には本身を扱った経験がそれなりにあると善次郎に察せられた。

「はい、道場に来る前、屋敷で半刻ほど」

「ならば刀に替えなされ」

と善次郎が命じ、本人はしばし迷った末に見所に立つ筆頭師範を見た。

財津は両人の問答の仔細《しさい》が分からなかったが、客分の小此木善次郎の命に従いなされという風に頷いて見せた。

迷いを振り切った彦九郎は控えの間に走り、十五歳になった折り、祖父から譲られた無銘《むめい》の一剣を摑んだ。

安生家に代々伝わる数多の中で刃渡り二尺一寸五分（約六十五センチ）の一剣は、戦国時代に先祖が手に入れたものと聞かされていた。

祖父は彦九郎がこのご時世に剣術家を志《こころざ》していることを承知していた。彦九郎の兄ふたりは青柳道場に入門したが、一年もしないうちに別の道場に移っていた。青柳道場の稽古が厳しいというのだ。なにより兄たちが青柳道場に入門した経緯は、幕府での奉公の口を得るのに利用できると考えてのことだった。

兄たちがやめた直後に、三男の彦九郎が幽霊坂の青柳道場に入門した。

祖父は彦九郎の青柳道場の稽古ぶりを数年にわたり見守った末、十五歳になった折りに一剣を贈ったのだ。

「よいか、彦、寝るときは刀を抱いて寝よ、刀が己の体の一部であるかのように昼夜ともに刀とともに暮らせ。向後新たな年月の稽古が始まるのだ。さあて、もうひとつ」

と言葉を切り、間を置いた。

「万万が一、刀を抜かざるを得なくなった折りは、本気で使え。真剣とはそういうものだ。遊びで振り回すなど滅相《めっそう》もない」

と言い添えた。

最初、抜くことすらままならなかった刀を、このところ使いこなす自信を得たのだった。

いつの日か本身を抜く日があることを想定しながら彦九郎は稽古に勤《いそ》しんできた。だが、祖父がくれた本身を道場でも他の場でも披露する機会は彦九郎になかった。

祖父が流行《はや》り病で不意に倒れた。

枕辺《まくらべ》に呼ばれた彦九郎は、

「彦、よう頑張っておるな。残念ながら、そなたが刀を使いこなせる日をわしは見られぬ。よいか、無心の稽古を得心のいくまで続けよ。いつの日か、師匠がそなたの前に現れよう」

「爺様、彦九郎にはすでに青柳七兵衛先生がおられます」

「おお、そなたの父も学んだ神道流青柳道場の指導者な、なかなかの道場であり、師匠だ。だがな、より上の剣術家を目指すそなたの師匠とはいえぬ。そなたの前にいつの日か、真の師匠が現れるわ」

と言い切った。

「さようなことが」

「ある、あるのだ。明日かもしれぬ、十年経ても姿を見せぬかもしれぬ。だが、必ず現れる」

と祖父は言い切った。

「武芸の極みを志すそなたの本能が教えてくれよう」

と言い残して祖父は身罷《みまか》った。

その日、祖父より譲られた無銘の一剣を手に、彦九郎は見所に立つ筆頭師範の財津惣右衛門の前に進み出た。

それに先立って道場の奥で立ち合いの指導を受ける彦九郎の得意の面打ちが悉く外されているのを財津師範は見ていた。だが、なにが起こったのか正確には把《は》握《あく》していなかった。

青柳道場は広く、大勢の門弟衆が稽古をしていたからだ。竹刀を持って面打ちを繰り返す彦九郎を前に小此木善次郎は、ただ不動の構えで立っているように思えた。

財津師範は彦九郎が手にした本身に視線をやった。

「まさか本身で面打ちを」

「命じられました」

財津は道場の奥に立つ小此木善次郎を見た。

（なんと、本身での面打ちか）

道場主青柳七兵衛が不在の折りになんということか、と思った。だが、財津が小此木善次郎を信頼して若手衆の指導を許した以上、

「それはならぬ」

とは筆頭師範でも言えなかった。客分の指導に筆頭師範が文句をつけてしまえば、客分を信頼していないことになる。となれば、間違いなく小此木善次郎は青柳道場を辞することになると思った。

（どうしたものか）

としばし考えた末に、

「小此木客分の指導に従え、彦九郎」

と命じた。

「はっ、はい」

と返事をした彦九郎に迷いが見えた。

「彦九郎、なにが起ころうとこの財津惣右衛門が責を負う」

と言い切った財津師範に、

「畏まりました」

と応じた彦九郎が道場の奥へと戻った。

「おお、持参致したか」

と笑みの顔で言った客分は、

「彦九郎どの、打ち合い稽古は、竹刀であれ、木刀であれ、本身であれ、なんら変わりはない。まずそなたが毎朝なすという本身での独り稽古を見せてくれ」

と厳《おごそ》かな口調で命じた。

「は、はい」

かくして彦九郎は、仲間たちの前で真剣での面打ちを披露することになった。

彦九郎は門弟衆が稽古をなす向こう、見所の神棚に向かって一剣を膝の前に置き、拝礼した。そして、祖父の言葉、

「万万が一、刀を抜かざるを得なくなった折りは、本気で使え」

を思い浮かべていた。

(よし)

と胸の内で気合いを入れた彦九郎は立ち上がると、稽古着の帯に無銘の剣、二尺一寸五分を差し込んだ。

「小此木様、お待たせ申しました」

と詫びた彦九郎は毎朝の独り稽古のとおり、静かに鞘から剣を抜くと、

「神道流正眼の構え」

と宣告した。

ぴりり、と己の気持ちが引き締まるのを感じた。

もはや彦九郎は傍らで小此木善次郎や仲間たちが見ていることを忘れて、己の世界に没入していた。面打ちから胴打ち、さらには小手《こて》と虚構《きょこう》の相手の対応を想像しつつ、技を振るった。ときに相手の動きに合わせて自らも間合いを変えながら刀を振るっていた。

どれほどの時が経過したか。

「彦九郎どの」

との小此木善次郎の声に彦九郎は動きを止めて、一剣を鞘に戻した。

「よう研鑽《けんさん》されてこられたな。どなたかに教わられたか」

「この一剣を贈ってくれた祖父が独り稽古を勧めてくれました。とは申せ、祖父はなんらの忠言も致しませんでした。ときにそれがしの稽古を見ていただけでした」

「祖父御《おおじご》は御健在かな」

「いえ、『そなたが刀を使いこなせる日をわしは見られぬ。よいか、無心の稽古を得心のいくまで続けよ』と言い残して身罷りました」

と彦九郎は答えていた。だが、祖父が身罷る折り、

「そなたの前に真の師匠が現れる」

と言ったことは告げなかった。

「祖父御はよき剣術の師であったな。それがし、そなたの背後に祖父御の影を見ておったわ」

と応じた善次郎が、

「そなたの稽古の成果を見てみようか」

と申し出た。

「小此木様、すでに拙《つたな》き技はご覧になっておられます」

「彦九郎どの、剣術を志す者同士、打ち合ってこそ理解できるとは思わぬか。それがし、そなたの本身の面打ちを受けてみたい」

とさらりと述べた善次郎と彦九郎は、最前の打ち合いの続きをなすことになった。

そのとき、稽古をしていた門弟衆が静かに両の壁際《かべぎわ》に下がっていった。

「ご両人、道場の中ほどで打ち合いをなされよ」

と筆頭師範の声が告げた。

財津は小此木善次郎が指導する本身での稽古を道場の真ん中で、しかも大勢の門弟衆が見守る中でさせようと思いついたのだ。この企《くわだ》てが彦九郎にとって、あるいは善次郎にとってどう作用するか、良き結果か悪《あ》しき結果か、筆頭師範は夢想もできなかった。ただ大勢の見守る中での立ち合いならば道場に血が流れることはあるまいと考えたのだ。

善次郎と彦九郎は筆頭師範財津惣右衛門に一礼し、道場の中央で向き合った。

彦九郎の腰には最前使った無銘の剣があった。

一方、小此木善次郎は竹刀さえ持たず素手《すで》だった。

（なんということか）

財津師範は言葉を失っていた。

両人の剣術の経験は何倍も違い、力の差はさらに大きかった。

（とはいえ、素手で本身と立ち合いか）

彦九郎は、祖父の言葉を思い出していた。

「万万が一、刀を抜かざるを得なくなった折りは、本気で使え」

祖父が言ったその本気を出す場が眼前にあるのだ、と己に言い聞かせた。

正視し合った両人は頷き合った。

彦九郎は使い込んだ無銘の剣を抜き、神道流の正眼の構えに置いた。と、一間余で向き合う善次郎が前帯に差した白扇《はくせん》を抜くと片手正眼に構えた。

（なんと、真剣に白扇で立ち向かうというか）

青柳道場にいる全員が思った。

初めて披露した安生彦九郎の本身の動きは、なかなかのものとだれもが分かっていた。その若武者相手に白扇とは、だれもが危惧《きぐ》した。小此木善次郎が白扇を片手正眼に構えた瞬間、財津師範は、

（血が流れる）

ことを覚悟した。

「参られよ」

善次郎の合図に彦九郎が迷いもなく踏み込むと、鋭《するど》くも刃を果敢に振るった。

得意の面打ちだ。

刃が不動の善次郎の面を斬り割る勢いで振るわれた。

なんと白扇がそれを受けた。

「嗚呼」

「どういうことだ」

という悲鳴や困惑が漏れた。

彦九郎の必死の一撃を白扇が軽やかに弾き、押し戻していた。

(なに、くそっ)

と思いつつ、彦九郎は連続面打ちを繰り返した。だが、悉く白扇で優しくも弾かれ、刃は善次郎の額《ひたい》に届かなかった。

彦九郎は無心に攻めた、攻め抜いた。が、すべて弾かれて不動の小此木善次郎を寸毫も動かすことができなかった。

彦九郎は邪心《じゃしん》もなく無心に攻めたにも拘わらず、小指の先ほどの成果もなかった。

寸毫の内に気持ちを切り替え、体勢を整え、生死の境に踏み込んで刃を振るった。

そのとき、善次郎の白扇が開かれると、ひょい、とこれまで小此木善次郎の顔があったところへ躍《おど》った。

「とりゃ」

と彦九郎は勇気を奮った面打ちをなした。すると白扇が見事に両断されて、ゆるゆると道場の床に落ちていった。

白扇は斬り割ったが小此木善次郎は健在だった。

「見事なり、安生彦九郎どの」

不動の小此木善次郎の声が青柳道場に淡々と響き渡った。

「は、はい、小此木先生」

と答えた彦九郎は刃を腰の鞘に納めた。

善次郎の顔には満足げな笑みがあった。

「そなた、剣術家の道を歩まれるか」

「はい」

と彦九郎は正直な気持ちを伝えていた。

「祖父御の教えを忘れてはならぬ」

「決して忘れませせぬ」

と応じた彦九郎は、祖父が「そなたの前に真の師匠が現れる」と宣告した人物はこのお方ではないかと考えた。

「小此木善次郎様、向後ともそれがしの修行、見守っていただけますか」

「それがし、青柳七兵衛先生より客分師範を許されておるとはいえ剣の道を究めんとする同好の士に違いはござらん。互いが競い合うのは当然でござろう」

しばし考えた彦九郎が、

「向後も本身の稽古を続けてようございますか」

「いえ、それは青柳先生の命がなければできませぬ。本日は、それがしの我がままを筆頭師範の財津惣右衛門様が許されたのです。向後は平常の稽古を続けなされ」

と善次郎は応じていた。

「それがしがご指導を望めばお相手していただけますか」

「むろんです。ここにおられるお仲間もご一緒にな」

と応じた言葉を聞いた彦九郎が、

「お願い申します」

と願った。

二

この日、朝稽古を終えた善次郎は、米問屋の越後屋嘉兵衛の店に向かった。前日に、道場帰りにお出でくだされ、と使いをもらっていたのだ。

「早々の訪い、恐縮です」

と迎えたのは大番頭の孫太夫《まごだゆう》だ。

「なんぞ御用とか」

「昼餉《ひるげ》を用意してございます。いっしょに食しながら話をしましょうか」

と孫太夫は店座敷に善次郎を招《しょう》じた。

まず女衆がふたりにお茶を供《きょう》してくれた。

「本日は、主の嘉兵衛の供で借財を取り立てに行くことになります。出立は昼餉のあとです。こちらは相手方から借財の一部を返金するとの連絡をもらっておりますで、小此木さんが腕を振るう場はございますまい、と思いますがな」

と大番頭の言葉には疑念があるように善次郎には思えた。

「ただな、相手の言葉を信頼していないわけではございません。それなりの金子ゆえ一応用心してのことです」

善次郎は相手の迷いの言葉に頷いたあと、茶碗を手にした。

朝稽古で汗を掻き、空腹で喫する越後屋の茶はなんとも甘く感じられた。駿河《するが》産の茶と聞いていたが、いつも以上に上品な風味がした。

「いつもの茶とは違います。頂戴ものの宇治《うじ》です」

そんな善次郎の表情を見た孫太夫が言った。

「甘く感じたのは朝稽古のあとゆえか、と思うておりましたが、いつもの駿河とは違いましたか」

孫太夫も茶を喫して、

「小此木様の齢《よわい》で茶の違いをお分かりとはなかなかですぞ。生地《せいち》の美濃では香りのよい茶が採れましたかな」

と褒めつつ質した。

「いつも申すように苗木藩は一万石余りの小名です。その下士《かし》の家でかように上品な茶が供されるわけもござらぬ。せいぜい渋茶の出がらしです」

「うちの茶の風味が分かるということは江戸の暮らしにお慣れになったということかな」

「さあてどうでしょう」

と首を捻った善次郎に、

「昨日、神田明神の権宮司那智様に呼ばれて社務所であれこれと話をしてきました」

と不意に告げて、孫太夫は本題に入った。

「なんぞ権宮司どのからそれがしのことをお聞きになりましたか」

「お聞きしましたよ。神田明神やうちにとって、小此木さんは厄介ごとが生じた折り最後に頼る守護人となったのです。そこで神田明神とうちとで俸給をきちんと決めておこうと那智権宮司からの申し出でした」

「すでにこれまでもご両者から十分の俸給を頂戴しております」

「神田明神からはこれまでの助勢に対して、折々の支払いでしたな。そのように騒ぎごとの曖昧な決め方ではのうて、神田明神社と越後屋両者合同で年俸三十両ではどうかという権宮司の改めての提案でございました」

「孫太夫どの、われら一家の暮らしには十分過ぎます」

「ならばその額で決めてよろしいかな。この話、今春から取り決めたことにして、両者の名で書付も用意してございます。お帰りの節にお渡ししますで、長屋に戻られてお読みになり得心された折りは署名の上、私にお戻しくだされ」

「承知しました」

「さて、神田明神と越後屋共同の俸給はこの額として、うちの陰御用はこの俸給の外にございます。この仕事はすでに小此木様も経験しておられますな。武家方相手に用立てた金子の返済や利息の受け取りです。代々うちの馴染みは旗本方ですが、このご時世ゆえ、大名諸侯の江戸藩邸との付き合いが新たに増えました。旗本にしろ大名諸侯にしろ役職を務めておられれば、返金も利息も読めますがな、なかなかそうもいかず、過日の六角《ろっかく》家のような真似をなさるお方もあります。その折り、小此木様のお力をお借りしたい。相手様の返済額次第で報酬を決めとうございますが、それでよろしゅうございますかな」

「ご寛大な申し出です。万事越後屋の大番頭どのの一存にてお決めくだされ」

と応じた善次郎は、

「本日の主どののお供もさような務めと考えてようございますかな」

「いかにもさようです」

と孫太夫が応じたところに昼餉の膳が運ばれてきた。

昌平橋左岸の船着場に猪牙舟《ちょきぶね》が待たせてあった。神田川が大川《おおかわ》（隅田川《すみだがわ》）に合流する柳橋の船宿風《ふなやどふう》りゅうの舟だった。

客は越後屋の主の嘉兵衛に手代《てだい》の庄太郎《しょうたろう》、小此木善次郎の三人だ。船頭は越後屋とは長い付き合いのある老練な梅五郎《うめごろう》だ。

このとき、善次郎のなりは、梅鉢《うめばち》の紋付羽織袴の正装に変わっていた。むろん小此木家の紋、抱き柏《かしわ》ではなかった。

大番頭の孫太夫の命で、昼餉のあとで着替えさせられたのだ。

「おお、袖丈も裾《すそ》も長身の小此木さんにぴったりですな。主嘉兵衛の供ゆえ、かような衣装を用意しました。大小を腰に差されるとなかなかの風格ですぞ」

「どなたの衣装でござろうか」

「気になりますかな。なあに何年も前、借金の利息代わりに頂戴してきたものです、そのことをふと思い出しましてな。この紋服は小此木家にお預けしておきましょう。松の内は終わりましたが、神田明神の節季《せっき》の折りとか、うちの仕事の折りにお召しになりなされ。そうだ、十一日の道場の具足開きにもどうぞ」

「なんと、在所者のそれがしが紋付羽織袴ですか。師匠や師範、門弟衆まで驚かれましょうな」

船着場で合流した嘉兵衛が善次郎のなりに気づき、

「ようお似合いです」

「大番頭の孫太夫どのから借用したものです、なんでも借金の利息代わりとか。これで嘉兵衛様のお供に見られようか」

「おお、立派ななりのお武家様が私の供ですか。心強いことです」

三人は舟に乗り込んだ。手代の庄太郎は猪牙の舳先《へさき》に控え、胴ノ間に嘉兵衛と善次郎が並んで座布団の上に腰を下ろした。

「小此木様、行き先はいささか遠うございます。江戸の内海鉄砲洲《てっぽうず》の西側、備前《びぜん》岡山《おかやま》藩三十一万五千石の池田《いけだ》家中《なか》屋敷のひとつにございます。小此木様はあの界隈をご存じですかな」

「鉄砲洲と言われると佃島《つくだじま》の対岸にござろうか」

「いかにもさようです」

「切絵図《きりえず》で地名を承知しておりますが、実際に訪ねたことはござらぬ」

「大名家中屋敷は上《かみ》屋敷が火災などの被害に遭った折り、藩主ご一族が移り住まわれる邸宅ですが、この中屋敷は藩主の側室《そくしつ》たちの住まいと聞いております」

「大番頭どのに伺いましたが、先方から長年借り受けていた金子の一部を中屋敷にて返すとの申し出があったとか」

「はい、使いが見えてさような申し出がございました。これまでさようなことは一度もありません」

と応じた嘉兵衛の言葉からは大番頭の孫太夫の疑念とは微妙に違った感じを受けた。

「主どの、なんぞ懸念がございますかな」

善次郎の問いにしばし間があった。

「孫太夫も使いの言葉を信じてよいかどうか迷ったようです。

私が仕事仲間から耳にした話では、池田家の江戸藩邸の内情は決してよくない。文政に入って千貫《かん》の不足、つまり多額の借財があると聞かされております。

またこの中屋敷を取り仕切っておられるのは池田家のご用人のおひとり、小栗《おぐり》監物《けんもつ》様でございまして、やり手のご重臣です。こちらには当代の殿様寵愛《ちようあい》の側室がおられるそうな、殿様の訪《おとな》いもしばしばと聞いております」

と池田家の内情を告げた。

「ご用人の小栗様はやり手と申されたが、なんぞ悪い噂がござろうか」

善次郎は最前から舳先の手代にも艫《とも》で櫓《ろ》を漕ぐ船頭にも聞こえぬような小声で嘉兵衛に質していた。むろん嘉兵衛も隣に座す善次郎にしか届かぬ小声で応じていた。

「仕事仲間の話を信ずるに、どこに返済金の余裕があろうかと申すのです」

嘉兵衛は仲間からの噂話として話しているが、代々武家方相手に金子を融通《ゆうずう》する越後屋の主が仲間の噂話だけで危惧しているわけでないと善次郎は承知していた。必ずやしっかりと調べた末の懸念であろうと思った。

嘉兵衛はそれ以上内情を告げるつもりはないようで口を噤《つぐ》んでいた。

善次郎は、なにか生じた折りは咄嗟に対応するしかないかと思った。

「小此木様、江戸の暮らしにはお慣れになりましたか」

と嘉兵衛が話柄を変えて訊《き》いた。

「主どの、江戸は半年やそこらで理解できませぬ。ようやく神田明神界隈の様子が分かったところでござる」

「いや、小此木様のお考えは在所育ちと思えぬほど柔軟《じゅうなん》とお見受け致します」

「さあて、それはどうでしょう。ともあれ、繰り返しになりますが神田明神界隈に住まいしたのはわが一家、実に幸運でございました」

「それはようございました」

大川の流れに乗った猪牙舟は老練な船頭の櫓さばきで、江戸の内海に出ると鉄砲洲の一角に口を開けた堀に入り、備前岡山藩中屋敷の船着場に到着した。

「梅五郎さん、おそらく半刻ほど待ってもらうことになりましょう」

「ならば明るいうちに昌平橋に戻れましょうかな」

との船頭の言葉を聞いて中屋敷の通用門を手代の庄太郎が叩いた。

中屋敷には越後屋の主の他に奉公人がふたり同行すると伝えてあった。そのせいか通用門でも素直に通された。

式台前に神田明神門前の米問屋越後屋まで使いに来たのと同じ若侍が待ち受けていた。

「おお、越後屋の主か。ご用人の小栗監物様が離れ屋にて待っておられるわ」

「恐縮でございます」

「越後屋、ご用人様からのお尋ねじゃが、書付は持参したであろうな」

「書付と申されますと、そちら様がうちから借りておられる金子の借用書のことですな」

と嘉兵衛が念押しした。

「それがし、書付としか聞いておらぬ。借用書とはなんだな」

若侍は仔細を聞かされていないようで、こう反問した。

しばし間を置いた嘉兵衛が、

「ようございます。私めがご用人様に直にお答えします」

「なに、それがしには答えられぬか」

「ご案じなさいますな。しかと小栗様と直にお話ししますでな」

と言い切った。

「そうか、それでよいかのう。ここだけの話じゃが、かような齟齬《そご》にはご用人はことさら厳しいお方でな」

と首を傾げた若侍が、

「おお、もうひとつ大事なことをそのほうに伝えねばならん。離れ屋には藩主池田斉政《なりまさ》様、もとい殿の代理人が同席なされる」

「代理人とは、ご用人小栗監物様のことですか」

「越後屋、ご用人様はご用人様だ。殿の代理人とは側室のお雪《ゆき》様である」

「ほう、岡山藩では金子のやり取りに側室お雪様が同席なされますか。ご当家と越後屋、それなりに長いお付き合いをさせてもらっておりますが、初めてのことですな」

嘉兵衛は当然の疑問を述べた。

「越後屋、それがし風情《ふぜい》に無理な問いを致すな。ご用人様のお言葉をそのほうに伝えただけだぞ」

「そなた様のお名前をお聞きしておきましょうか」

「なに、それがしに姓名を名乗れと申すか。なんぞご用人様に告げ口するのではあるまいな」

「私が告げ口をすべきようなことをそなた様はなされましたかな。いや、ようございます。お名前はお聞きしますまい。離れ屋にご案内くだされ」

と最後は呆《あき》れ顔で願った。

姓名も知らぬ若侍が三人を庭へ案内し始めたが、

「それがし、平士《へいし》の東山丙八《ひがしやまへいはち》である」

と不意に名乗った。

嘉兵衛は今さらといった顔で応じなかった。

「東山どの、側室のお雪様は御用の場に藩主の代理として、しばしばお出になられますかな」

と善次郎が訊いた。

「いえ、それがしの知るかぎり初めてのことです」

「ご用人どののお知恵ではございませぬか」

善次郎を振り返った丙八が、こくりと頷いた。

東山丙八の言動を見聞きするかぎり、中屋敷を取り仕切るという小栗監物は家臣たちに敬愛されているわけではないと思えた。ただ並みの用人以上の権力を持っていると思えた。どうやら藩主寵愛の側室の存在を利用してのことと嘉兵衛も善次郎も察した。

「いまひとつお尋ねしてよろしいか」

平士の東山丙八が足を止めた。

「ご用人様やご側室のことではござらぬ。こちらの家臣の給金は半年ほど支払われておらぬと聞いたがさようか」

えっ、と動揺した顔を嘉兵衛は善次郎に向けた。さようなことを善次郎が承知していることに驚いたのだ。

「なに、巷《ちまた》の噂にさようなことが流れておるか」

こんどは丙八が仰天した。

そのとき、嘉兵衛は、善次郎が若い家来に咄嗟に虚言を弄《ろう》して家中の事情を知ろうと仕掛けたのだと気づいた。

「側室がたは別にして、われら平士は一年以上も給金を頂戴しておらぬ」

と怒りの顔で言い放った丙八が急にさっさと歩き出した。

泉水《せんすい》を巡らした庭の端に離れ屋らしき小家《しょうか》が見えた。

あそこじゃ、という風に丙八が顎をしゃくった。

「おお、助かったわ」

と礼を述べるように近寄った善次郎が巾着から取り出していた一分金を丙八の手に素早く握らせた。なにか言いかけた丙八に顔を横に振って、なにも口にしてはならぬと無言裡《り》に伝えた。すると笑みを浮かべた丙八が頷いた。

池の端をぐるりと半周すると石橋が架かっているのが見えた。

「参りましょうかな」

「このまま引き返しとうなりました。借財など一文たりともお返しになる気はない。いいえ、返したくとも返せぬことが、小此木様の問いへの平山の返答ではっきりと分かりました」

と小声で嘉兵衛が囁《ささや》いた。

「もはや戻るには遅うございましょう。ならばご用人小栗監物どのと側室お雪様の拝顔の栄《えい》に浴《よく》していきませぬか」

しばし沈黙していた嘉兵衛が、

「腹を括《くく》りますか」

と言って善次郎に続き、石橋へと歩き出した。

先頭で幅の狭い石橋を渡る善次郎は、離れ屋に殺気を感じた。

(どうやら待ち受けているのはご用人と側室だけではないな)

と推量した。だが、あとに続く嘉兵衛にはなにも言わなかった。これが自らの仕事だと考えただけだ。

小体《こてい》な離れ屋は、板屋根の凝った造りに思えた。

「ご用人様、越後屋にございます」

と告げると、茶室の出入り口と思しき板扉に初老の武家が立った。小栗監物だろう。

「お久しぶりにございます。こたびはご丁寧にも返済金を受け取りに参れとの使いをいただき、恐縮至極にございます」

「そのことよ」

と応じた小栗が善次郎を睨んで、

「なに、そのほう、用心棒など連れて参ったか。離れ屋にはそのほう一人《いちにん》で上がれ」

と命じた。

「このご時世でございます。帰りはこちらの返済金を持ち帰りますので、用心のためにご同行願いました。このこと、前もって告げてございますぞ」

「ならぬ、離れ屋に血に飢えた輩《やから》など許さぬ」

との小栗の言葉に嘉兵衛が何事か言いかけたとき、

「主どの、それがしと手代どのは外にて待ちましょう」

と言うと、善次郎は嘉兵衛に目配せして庄太郎とふたり、離れ屋の表からさっさと離れた。

三

嘉兵衛は致し方なく凝った離れ屋の座敷に上がった。床の間のついた小座敷は茶室として用いられるのか。

泉水に面した小座敷の障子戸は閉められ、穏やかな光が畳に差し込んでいた。隣座敷は控えの間か。

人の気配があるのが嘉兵衛にも分かった。

「小栗様、なかなか凝った離れ屋にございますな」

「おお、藩にとってそなたのような大事な客にな、わが殿の代理人たるお雪様が茶をお点《た》てになり、供応《きょうおう》をなす場でな。越後屋、かような接待は当家でも滅多にない。なんたる僥倖《ぎょうこう》か」

と言いのけた。

「小栗様、私め、一介の商人にございまして、本式の茶の作法など存じませぬ。それよりも本日、お呼び立ての用件を先に済ましとうございます」

「なに、わが殿の代理人たるお雪様の接待など要らぬというか」

「恐縮この上もございませぬ。用件から済ましてもらいとうございます」

嘉兵衛の要望に応えず、

「三十一万五千石の岡山藩の接待を無下《むげ》に断りおるか。ならば、越後屋、書付は持参したであろうな」

と小栗御用人が言った。

「こちら様とはわが亡き父の代からのお付き合い、その中で用立てた金子は、おいくらか、ご用人様、承知しておられましょうな」

「おお、それがし、殿から聞かされておるで、よう承知じゃ」

「つまり中屋敷ご用人のそなた様は、池田家の仕置家老角村作左衛門《しおきがろうかどむらさくざえもん》様と同じ役目を務めておられると考えてよろしゅうございますか」

嘉兵衛はもはや覚悟して胸の内をさらけ出すことにした。

「それがし、中屋敷の用人風情と申すか」

「いえ、中屋敷のご用人様が、岡山藩の家臣団の頂点たる仕置家老と同列とは考えられませぬ、それとも、私めがご当家の職制を知らぬのでしょうかな」

「たしかに一商人風情が傲慢《ごうまん》な物言いよな。お雪様を通じ、藩主池田斉政様の許しを得て、そのほうに応対しておるが不服か」

と小栗監物が叱責《しっせき》し、

「となればなんの不満もございません」

嘉兵衛が襟元に片手を置いて、

「わが身に携えたこちらの借用書、総額二千二百三十七両二分、長年借用のぶんの利息は加えてございません。本日、全額の返済ならば利息は無用にございます」

と言い切った。

そのとき、控え部屋の障子が開けられ、派手に着飾った側室のひとり、お雪の方と思しき女子《おなご》が姿を見せて、ふたりの間に座した。

「越後屋嘉兵衛とやら、私の点てる茶を断り、用人様の立場をも顧《かえり》みずさような蔑みおる言辞《げんじ》を吐かれるや。備前岡山藩をいささか軽んじておりますな」

と言った。

「お雪様でございますか」

「いかにも、殿に命じられて代理を務める雪である」

「小栗様、池田斉政様の代理がこちらにおられるお雪様と申されますかな」

「なんぞ不審か、越後屋」

「お雪様への殿様のご寵愛はたしかでございましょう、私の耳にもあれこれと風聞が漏れ伝わりますでな」

「ならばなんら差し障りあるまい、越後屋嘉兵衛」

「されど一方で別の噂も耳にしてございます」

「なんじゃ、その噂とは」

「は、はい。ご藩主斉政様は、このところの藩運営に決して満足しておられないとか。さようなお殿様が中屋敷のご用人様や、側室のおひとりに過ぎぬそなた様に長年の付き合いの越後屋との交渉ごとを任すはずもなし」

と嘉兵衛が言い切った。

「越後屋、わらわが殿の名を騙《かた》っておると言いよるか」

甲高い声に変わった雪が嘉兵衛を睨みつけ、

「さようなことまで申し上げてはおりませぬ。ただし」

「ただし、なんと言うか」

「一商人の分際《ぶんざい》で殿様に面談は叶いません」

と言い放った。

「いかにもさよう。ただし手蔓《てづる》があればできぬことではございませぬ、お雪様」

「越後屋、増長《ぞうちょう》するでない」

と小栗監物が険しい声で問答に加わった。

控えの間の襖が大きく開かれた。するとそこに岡山藩家臣とも思えぬ侍が控えていた。小栗監物と側室お雪が雇った用心棒剣客か、大名家に関わる者の風情とも思えぬ静かなる殺気を漂わせていた。

その人物に視線をやりながら嘉兵衛が、

「私め、亡き父に従い、江戸のご本邸で正室《せいしつ》の絲子《いとこ》様とは幼い折りにお目にかかり、長年お付き合いを許されております。小栗ご用人、ご存じございませんかな。側室お雪様がかような大事な御用を務めることを許されておるかどうか、奥方様にお尋ねすることはできましょう」

「おのれ、下郎《げろう》めが」

と雪が喚《わめ》いた。

「ついでに申しておきましょうか。側室筆頭たる磯野《いその》様とは松の内のご挨拶にてお目にかかっておりましてな。その場でそなた様のことが話柄に上りました。はい、そなた様より格上の磯野様は、そなた様の出を気にしておられましたな」

「わらわの出自がどうかしたか。直参旗本井上《いのうえ》家七百二十石では不足か」

「そなた様は内所《ないしょ》が苦しい井上家になにがしかの金子を贈り、養女になられましたな。私はそなたの真の生家《せいか》も承知なら、小栗ご用人と知り合われた怪しげな船宿もとくと知っております。そなた様はそちらに奉公しておられましたな。その折りの稼ぎが井上家の養女になるために支払われましたか、なんならその金子の額を申し上げましょうか」

「おのれ、さような虚言を弄して蔑むか」

「いえ、真の話でございますよ」

と嘉兵衛は、長年付き合いのある備前岡山藩の内情を改めて調べた様子で、雪の船宿奉公も小栗監物と雪の出会いも承知している口調だった。

「ご用人、かような戯言《たわごと》を弄する輩を成敗してもらいましょうか」

と雪が小栗を見下す表情で命じた。

さすがに中屋敷での成敗に迷いが生じたか、小栗の返答が遅れた。

「どうなされました、ご用人。借用書を頂戴し、越後屋嘉兵衛を始末する。それしか私どもが生き残る方策はございますまい」

と雪が言い切った。

「致し方ないか」

と自問した小栗が用心棒として雇った剣術家を見ると、顎を振って命じた。

「藤谷傳兵衛《ふじたにでんべえ》どの、願えましょうか」

「ただし残りの金子、この場にて頂戴しますぞ」

藤谷傳兵衛が応じた。

「委細《いさい》承知です」

「わらわが支払います」

と小栗と雪のふたりが答えた。

「ご両人、最前からの話を聞いておりますと、おふたりして懐具合が寂《さび》しいのではありませんかな」

藤谷傳兵衛もさる者、直ぐには動く風はなかった。

「案ずるな。越後屋は闇稼業の金貸しでな、常に懐には五、六十両は携えておるわ」

「なんとまあ、用心棒代、私の懐の金子で払う心算ですか」

嘉兵衛が呆れ顔で漏らした。

「死人には借用書も所持金も要りますまい」

と言い放ったのは雪だった。

「そなたら、両人してそれがしよりも悪党じゃな。他人の金子を当て込んでそれがしを雇ったか」

刺客として雇われた藤谷傳兵衛は腹立たしげな顔でふたりを睨んだ。

「なんぞ不都合ですか。金子には名前など書かれておりません」

と雪が言い、ささ、早くという風に藤谷に催促《さいそく》した。

「致し方なし」

と呟いた藤谷傳兵衛が膝の前に置いた剣を摑んで立ち上がった。

そのとき、離れ屋の泉水に面した障子戸が、すうっ、と開けられた。

「藤谷どのとやら、すでに前金を懐にしておられるようだ。どうですな、その足で岡山藩中屋敷から立ち去られませんか」

小此木善次郎が同じ役目の用心棒に忠言した。

うむ、と応じてしばし善次郎が何者か推量した藤谷が、

「そのほうもそれがしと同業であろう。用心棒稼業、いい加減なことでは立ちいかぬ商売でな」

と言い切った。

「となると、厄介ですな」

と応じた善次郎がそろりと嘉兵衛の傍らに身を寄せ、両人はちらりと視線を交

わした。

「小此木様、案じましたぞ」

「はい、いったんこちらを離れましたが、頃合いを見て戻って参りました。中屋敷の離れ屋にはご両人がだれも近づかぬようにと命じていたのでしょう。そのおかげでだれにも咎められることはありませんでした」

善次郎の言葉を聞いた小栗が舌打ちした。

「嘉兵衛様、間に合ってようございました」

「小此木様を信じておりましたがな、ふたりが雇った用心棒の藤谷様の落ち着いた挙動を見たとき、越後屋嘉兵衛の死に場所はなんと備前岡山藩中屋敷の離れ屋かと一瞬覚悟を決めましたよ。となると私の弔《とむら》いはなしだろうとな」

と嘉兵衛が冗談を言った。

「あるいは小栗ご用人と側室の雪のふたりが喪主で嘉兵衛様の骸《むくろ》は中屋敷離れ屋に埋葬されますか」

と言い合い、ふたたび視線を寸毫の間交わらせた。

「役目を果たしましょうかな」

との言葉を残した善次郎は、両膝をついて畳をにじり、嘉兵衛の前に出た。その腰には刃渡り二尺三寸五分の長谷部國重が差されていた。

狭い座敷に五人の者がいた。

立っていたのは藤谷傳兵衛ひとりだ。

「藤谷傳兵衛どの、それがし、小此木善次郎と申してな、生まれ在所は美濃の苗木城下にござる。剣術は徒士《かし》のわが家に伝わる陰流苗木、夢想流抜刀技を父より教えられました。まあ、在所剣法でござる」

と名乗った善次郎は、

「藤谷どののご流儀をお教えくださるか」

と乞うた。

しばし間を置いた藤谷が、

「柳生新陰流《やぎゅうしんかげりゅう》免許皆伝者藤谷傳兵衛光由《みつよし》」

と応じると、

「おお、上泉信綱《かみいずみのぶつな》様より『無刀取り』の公案《こうあん》を課せられ、見事果たした柳生宗厳《むねよし》様が創始なされた柳生新陰流ですか、それがしの在所剣法とは比べようもござらぬ。うう一む、同じ稼業とそなたは申されたが、どうしたものか。この場から逃げ出すべきはそれがしのほうでございましたな」

と善次郎が頭を抱えるふりをした。

「剣術家は口先の徒《と》にあらず。そのほう、陰流なんとかと申したが、口先流と改名せぬか」

「おお、それはよき考えですな、藤谷どの」

「小此木某、問答はこれまで」

と言い放った藤谷が狭い座敷の中で刀をすらりと抜いた。

「ええ、この場で斬り合いですか」

「庭先にて斬り合いなされ」

と小栗監物と雪の両人が悲鳴を上げた。

「嘉兵衛様、その場に上体を伏せておられよ」

と囁く声に嘉兵衛が、

「承知」

と短く答えて上体を伏せた。

「ほ、ほんとうにこの場で斬り合いか」

と重ねて小栗が問い、

「もはや庭になど出られるものか。そのほうらも越後屋を見習って畳にへばりついておれ」

「われらを巻き込んでの立ち合いなど願っておらぬ」

「小栗とやら、すべては遅いわ。生き死には神に願うしかあるまい」

との言葉を吐いた藤谷は、抜いた刀の切っ先をわずかに畳に下げて、下段の構えを取った。

藤谷傳兵衛にしても茶室風の狭い座敷、それも対戦者を含めて五人がひしめく場での立ち合いは初めての経験だった。

一方、善次郎もかような状況下の斬り合いは初めてだった。

対戦者のふたりの違いは、ひとりが下段に構えて立ち、もうひとりは畳に座したまま、腰に刃渡り二尺三寸五分の國重を未だ鞘に納めたままということだった。

どちらにしろ立ち合いのふたりを除く三人を傷つけることなく刀を振るうのは不可能に思えた。

藤谷傳兵衛と小此木善次郎の間は三尺（約九十センチ）にも満たない。繰り返すがふたりの周りに三人の男女がいた。

善次郎は背後の嘉兵衛がぴたりと畳に伏せていることを感じながら傳兵衛の動きを凝視《ぎようし》していた。そして、覚悟を決めた。

左手で鞘元を摑み、胡坐《あぐら》を搔いて座していた。右手は未だ柄になく、腹前に拳《こぶし》があった。

その瞬間、藤谷の下段の刃に戦闘者の意思が伝わった。

同時に、

「嫌よ、私、庭に出るわ」

と叫んだ雪が立ち上がろうとした。

藤谷傳兵衛の刃が止まった。

胡坐を解いた善次郎が左足を伸ばして立ち上がりかけた雪の腹を蹴り、控えの間に飛ばした。

戦う両人の間が空いた。

藤谷の寸毫の間止まっていた刃が撥《は》ね上げられた。

同時に善次郎の鞘に納まった刃が抜かれ、斜め虚空へと低い姿勢から光になって走った。

座したまま放たれた重國と藤谷の下段の構えの刃が交差した。

この瞬間を嘉兵衛は畳に腹ばいになり見ていた。

小栗監物が、控えの間に蹴り飛ばされた雪のところへ這いつくばって逃げようとした。

嘉兵衛ひとりが対戦者ふたりの動きを目撃していた。ただし、ふたつの刃がどう触れ合ったかは、善次郎の背中で見えなかった。

「うっ」

と発した声がどちらか、分からなかった。

善次郎の羽織を着た背中は動かず、藤谷傳兵衛の顔が善次郎の頭の上に見えた。

時が止まったようでもあり、無限の時が流れたようでもあった。

「夢想流抜刀技、胡坐斬り」

との善次郎の声に、

「恐ろしや、小此木善次郎」

と応じた傳兵衛が畳に崩れ落ちた。

沈黙が座敷を支配した。

善次郎が立ち上がり、長谷部國重の血振りをして鞘に納め、藤谷傳兵衛に向かって合掌《がっしょう》した。

控えの間の小栗と雪のふたりが離れ屋から逃げ出そうとした。

「待たれよ」

と善次郎の声がして、

「そのほうらにふたつの申し渡しあり。ひとつは藤谷傳兵衛どのの弔いである。丁寧に致せ。ふたつめは、本日の一件を岡山藩江戸藩邸の仕置家老角村作左衛門様に仔細に告げよ。そのうえで越後屋の借財のすべてを即刻返却願え。その話が通らぬならば、読売《よみうり》に備前岡山藩池田家の醜聞《しゆうぶん》を克明に書かせる。もうひとり嘉兵衛に同行してきた手代が『江戸読売あれこれ』の書き手よ」

と言うと手代に扮《ふん》していた読売の書き手庄太郎がふたりの視界に入った。

呆然自失する小栗監物と雪の両人を見た嘉兵衛が、

「ご苦労でございました、小此木様」

と言った。

四

小此木善次郎は幽霊坂の神道流青柳道場の具足開きを翌々日に控え、道場主青柳七兵衛直々に命じられた、この晴れの日の、

「陰流苗木及び夢想流抜刀技の披露」

について、剣術と抜刀技のふたつの披露を遠慮し、なんとか「夢想流抜刀技」一本に絞ることで許しを得た。

青柳道場の門弟衆は直参旗本や大名諸家の重臣が大半でいろいろな剣術を修行した面々がおり、陰流苗木と重なる形と動きを持つ流儀を心得ている者もいた。ゆえに抜刀技に絞ってと考えたのだ。善次郎の考えを聞いた七兵衛が、

「たしかに剣術の流派は大きな流れからすれば、どのような流派を名乗ろうとある意味、すべて技も形も同じと考えられないことはない。となれば、わが道場で珍しき技は、『夢想流抜刀技』でござろう。小此木客分の実戦技の抜刀技に絞って披露を願おう」

と改めて許しを与えたのだ。

そこでこの数日、善次郎は、真剣を使った抜刀技の稽古を一口長屋の庭先で続けてきた。

すると差配の義助が、

「ほんものの刀を振り回す侍がいる長屋によ、押し込み強盗《ぶったくり》は押し入らねえよな」

と感嘆し、

「まあ、おまえさんにとっては手慣れた抜刀技だ。そう熱心に稽古をすることはあるめえ。この節、具足開きといったってよ、恒例《こうれい》のよ、祭りの踊りみてえなものだろうがよ。なにより相手がいねえや、となればおまえさんの独り稽古の披露だぜ、ゆったりと構えてよ、そこそこ稽古をしねえ」

と言い放った。

「義助どの、抜刀技はそれがし一人《いちにん》が真剣を使っての演技ゆえごまかしは利かぬ。ゆえに仮想の相手を想定しつつ、一本いっぽんを丁寧に繰り返すしかないのだ」

「おりゃさ、なにも稽古をしなくていいなんて言ってねえ。気を遣い過ぎてよ、道場の床板の継ぎ目につま先が突っかかって転ぶこともあらあ。年上からの忠告だが、大所高所から物事の理《ことわり》を見極めねえと言っているんだよ」

「差配どのは冷静じゃな。とはいえ、義助どのは青柳道場で抜刀技を披露する本人ではないからのう」

「人には生き方とか役目というのがあるんだよ。おまえさんは子どものころから体に叩き込んできた技だろうが。頭で考えるよりよ、手足によ、抜刀技が刻み込まれているんだよ。それが証《あか》しによ、昨日、嘉兵衛さんの供でよ、どこぞの大名家の借財の取り立てに行き、真剣勝負をなさざるを得なくなってよ、抜刀技で相手の用心棒剣術家を斃《たお》したって聞いたぜ」

「さようなことがあるものか」

あの一件は公《おおやけ》にしないことで事が決着していた。

（まさか）

と一瞬思い浮かべた。

「案ずるなって、うちの大家の嘉兵衛旦那はひと言だって喋《しゃべ》らねえよ。だが、この差配の義助様の耳のいいことを、おめえさんも短い付き合いながら承知だろうが」

と言った。

あの場の勝負を見たのは嘉兵衛の他に対戦者のふたり、相手方のご用人と側室のふたりの合わせて四人だけのはず、と考え、

（ああ、越後屋の手代に扮してあの場にいた読売屋か）

と思いついた。

読売屋を同行させるという考えは大番頭の孫太夫から出たものだ。

それが見事に当たり、大金の取り立てに成功したのだ。

なぜならば、あの騒ぎの翌日には、大名家の仕置家老の角村作左衛門が借財二千二百三十七両二分をきっちりと越後屋に持参し、

「越後屋、利息は勘弁してくれぬか。当家の中屋敷の用人某と側室のひとりがなした行い、殿は一切ご存じない。その代わりとは言えぬがあのような不届きな越権行為をなした用人は切腹、側室は当家から放逐《ほうちく》された」

と報告した。そして、

「あのふたりだがな、米問屋の越後屋の金貸しの裏商いを知ったとき、越後屋を呼びつけて脅し、借用書を奪い取って藩のために貢献しようと愚《おろ》かにも思案したというのだ。なあに藩のためであるものか、自分たちの出世のためよ。この企てがうまくいけば、用人某は中屋敷から本邸に移り、家老職へと職階も上がり、側室はただの妾のひとりから有力な立場に立つことができると考えたそうな。なんとも愚か極まる考えと行いであった。

越後屋、そなたのほうがかような輩には幾たびも出くわしていよう。それにしてもそのほうの用心棒の技量といい、読売屋を奉公人として同行させたことといい、一枚も二枚も上手であったな」

と仕置家老の角村が言ったとか。そして、最後には、

「越後屋、当家との付き合い、今後とも頼む。こたびのことは、それがしの顔に免じて許してくれぬか」

と願った。


「……義助どの、どのような噂話をだれから聞かされたか知らぬが、かようなことは決して口にしてはならぬ。そなたの主にどのような禍《わざわい》が降りかかるやもしれんでな、よいな」

と善次郎が強く申し渡した。

「おお、当人のおまえさんだから言ったのだ。他所《よそ》で喋ることはねえよ」

と言い切った義助が、

「大番頭の孫太夫さんがよ、暇の折り、お店に顔を出せとよ」

と話柄を変えるように言った。

頷いた善次郎は抜刀技の稽古に戻りながら、義助が漏らした言葉、

「この節、具足開きといったって祭りの踊りみてえなものだろうが」

という一節がなんとなく気になり、胸に刻み込んだ。

（この節、具足開きは祭りの踊りか）

この日、幽霊坂の青柳道場に出た折り、実戦技の抜刀技を祭りの踊りのように気軽に見せられぬかと考えた。義助の素人考えが正鵠《せいこく》を射《い》ているとは思えなかった。だが、一瞬の早業を工夫して見せるのは悪いことではないと思った。

そこで具足開きの対抗戦に青柳道場の若い衆組として出場する安生彦九郎に、

「彦九郎どの、どうだな、対抗戦への気構えはできたかな」

と声をかけた。

「客分の小此木様の教えにてわれら一同、いささか自信を得ております。大丈夫ですぞ。七道場の対抗戦の第一位、青柳道場のわれらが必ずやいただきます」

と自信満々に言い切った。

「意気軒高《いきけんこう》、ようござる。その自信満々のそなたにちと願いがござる」

「なんでござろう」

「そなたの対抗戦が終わったあとに、それがし、抜刀技を披露するのじゃが、それがしの助勢を務めてくれぬか」

「おお、夢想流抜刀技の助勢役ですか。むろんそれがしでよければ」

「青柳先生にそのことの許しを得よう」

「このあと、稽古をやりましょうか」

「いや、稽古は要らぬ。助勢役と申しても、そなたがなにをなすわけではござらぬ。抜刀技は一瞬の技、気軽にご覧いただけるように工夫しようと思ってな。そのほうが多くの門弟衆に夢想流の抜刀技の理《ことわり》が分かってもらえると思いついたのでござる」

「それがし、客分の技をただ見ておればよいのですか」

「いかにもさよう」

「はあっ」

と応じた彦九郎は、なにをなすのか分からない顔をした。

「おお、その訝しげな表情を見せていただければよい」

と言った善次郎に、

「訝しげな表情、ですか。分からぬな」

と首を捻る彦九郎をその場に残し、青柳七兵衛に若い門弟彦九郎を助勢方に使いたいと、その役割を手短に説明した。すると、

「小此木善次郎どのの抜刀技の助勢方な」

としばし沈思した道場主が、

「小此木善次郎どのでなければ、かような相手を大事な門弟に務めさせられませんぞ」

と言いながら許しを与えた。

朝稽古を終えた善次郎は一口長屋に戻る前に、神田明神門前の米問屋越後屋に大番頭の孫太夫を訪ねた。

「御用でござろうか」

「いえ、奥座敷で主がお待ちです」

と奥に上がれと命じた。

越後屋の中庭には春の陽射しが降っていた。

庭が見えるように開け放たれた座敷の小机で文を認《したた》めていた嘉兵衛が、

「お出でなされましたか」

「本日は、外での御用ではないと聞き及びました」

「はい、違います。あのようなことが幾たびも起こっては、私の命が縮まります」

と嘉兵衛が険しい顔で言った。

「小此木様は、斬り合いの当事者です。私以上に不安や緊張を感じられませんかな」

「旦那どの、それがしとて刀を抜き合っての立ち合い、毎日は困ります。正直申して勝ち負けは度外視しても嫌なものです」

「でしょうな。それが尋常な考え方です。とは申せ、米問屋を支えるのは越後屋の裏稼業の金貸しでしてな。相手方は金銭の借用に来られる折りは、まるで神頼みのようにお武家様が、それも家老とかご用人といった重臣が腰を折られ、頭を下げられ、両手を合わせての懇願です。

ところが返金の期日が参りますと、屋敷の裏門に回らされるのはまだようございます。金貸し風情が取り立てだと、他日参れと強引に追い出されます。

ええ、利息をきちんと納めて、元金を少しずつお返しになるお客様もおられます。かような客は十件の内、二件か三件です。倅《せがれ》にこの裏商いを継がせるのは正直、できることなれば避けたいですね。ですが、代々の米問屋に付随した金貸し商い、やめるのは容易くありませんでな」

という嘉兵衛の正直な気持ちは、短い付き合いながら善次郎には理解ができた。

そこで飲み残していた茶をひと口喫した嘉兵衛が、

「先日の御用のケリがつきましたでな、お礼にと思いました。まあ、礼なれば当方が一口長屋に訪ねるのが筋でしょうが、御用が御用、こちらにお招きしました」

「ご丁寧なるお言葉、恐縮至極です」

「過日、仕置家老様がご返金になったのはご存じのように二千二百三十七両二分でした。あのお客様の最初の借用は先々代のころで、当初は利息を現物の米などでお支払いになっていたそうな。ですが、先代の存命のころに利息の支払いが滞《とどこお》り、元金は数年に一度、二百両相当の米が支払われておりましたが、私の代になって幾たび催促しても、『ただ今余裕はない。またにせよ』との繰り返しでしてな。

過日、相手様がたに中屋敷ご用人と側室が出張ってきたことで、小此木様の出馬と相成りました。このふたりの企てがなければ、長年の借財の返金など、未だ無理だったでしょうな」

「嘉兵衛様、こちらの大番頭どのの知恵がわれらより効果がありましたな」

「むろん、それもございます。ともあれ、二代前よりの借財が利息は別にして返済されたのです。うちにとって大仕事にございました」

と言い切った。

「そこで小此木様への礼金でございますがな」

「旦那どの、ちょっとお待ちくだされ。過日、神田明神の権宮司那智どのと嘉兵衛どののご両人がそれがしの守護人の年俸を三十両と取り決められました。一口長屋に住まわせていただき、三十両の俸給を頂戴するだけでわれら一家、十分に暮らしが成り立ちます。もはやその他のことは無用に願います」

「小此木様、その折りも申しましたが神田明神と越後屋が共同で取り決めたことは、また別の守護人としての約定です。

こたびのことは越後屋の裏商いの御用、命を張って務め上げられた対価です。裏表、両方の御用をいっしょにすることは神田明神社に対しても約定違反ですな」

と嘉兵衛が言い切ったとき、中庭に面した障子戸が開かれ、大番頭の孫太夫が一冊の帳面を手に、

「失礼します」

と入ってきた。

「旦那様、私、廊下にて小此木様の考えを聞いておりましたがな、小此木家では、

慎ましやかな暮らしをお望みかと存じます。となれば旦那様の気持ちはなかなか受け取ってもらえますまい。ただしです、小此木さんはお若い。それに剣術遣いです。これからどのようなことが起こるか分かりません。ある程度の大金の必要が生じるかもしれません。そこでな、私、かような帳簿をつくりました」

と両人に見せた。新しい帳簿の表には、

「小此木善次郎様預かり金一覧」

とあった。

「旦那様がお考えになった俸給を格別な仕事のたびにこの帳簿に認めて、必要が生じた折りにうちが金子を小此木様や、ご家内に渡すというのは。先日お預かりした二十八両もここに認めておきます」

「おお、それはようございますな。うちが苦労しておる貸金を小此木様のお力で取り立てた折り、私か大番頭さんが記入しましょうか」

との問答を善次郎は無言で聞いていた。

第三章　具足開き

一

具足開きの前日、小此木善次郎は未明に目覚めると、佳世が仕度していた小袖に筒袴《つつばかま》を身につけ、腰に相模国鎌倉住刀鍛冶《かたなかじ》長谷部國重が鍛えた愛剣を差し落とした。小袖の懐からは真新しい手拭いが覗いていた。

腰高障子に手をかけたとき、

「具足開き、無事に果たせることを祈っております」

と佳世がこのところ亭主を送り出す折りの言葉をかけた。

「おお、最後の稽古に出かけて参る」

と応じた善次郎は、井戸端にて口を漱《すす》ぎ、顔を洗って清め、長屋の木戸に向かった。そして、一口稲荷の小さな分社に一礼して坂道を上り、神田明神の山門を潜った。

善次郎の勘では八つ半（午前三時）の頃合いと思えた。

薄闇の門前町には人影ひとつ見かけられなかった。

拝殿の前に立ち合掌し、具足開きがなんら差し障りなく終わることを祈願した。

（これでよし）

と己に言い聞かせた善次郎は、神田明神の参道を通って湯島一丁目に出た。もはやこの界隈は薄闇でも歩ける慣れ親しんだ道だった。

神田川の流れが河岸道の下を流れているせいか、顔に冷たい風を感じられた。

八辻原には野犬の群れが見えた。だが、この刻限、幽霊坂の剣道場に向かう門弟衆が通ることを承知で黙って通した。竹刀や木刀を手にした門弟は野犬にとって、戯《たわむ》れにも吠えかかってはならぬ相手と承知されていた。

善次郎が幽霊坂の坂下に立つと、青柳道場の門に掲げられた灯《あか》りが見えて、すでに門弟衆の姿があった。

武家方にとって具足開きは、江戸庶民の正月元日に相当する、大事な紋日《もんび》といえた。

大提灯も新しければ、百目蠟燭も新調され火が点されることになるだろう。

打ち水がされた石段を上ると、明日、七道場の若武者たちの対抗戦に出場する安生彦九郎らがさっぱりとした稽古着姿で、

「小此木客分、明日の具足開きのために最後のご指導をお願い申します」

と善次郎を迎えた。

「ご一統、よき対抗戦となることを祈る」

「はい、客分の指導のおかげでわれら五人、必ずや勝ちを得ます」

彦九郎が一同を代表して言い切った。

その後ろに、筆頭師範の財津惣右衛門に何事かを訴えようとするふたりがいた。

何日か前、若手らの対抗戦開催が道場で告げられたとき、道場主青柳七兵衛と財津惣右衛門が相談のうえ、代表の七人が指名された。その七人の剣術の実力や特性を改めて見極め、善次郎の助言も得て、先鋒《せんぽう》から大将まで決めた。大将は安生彦九郎と告げられていた。ところが別の道場から、

「若手七人を選ぶのは至難《しなん》。というのもうちには入門して一年もしない十二、三歳が大半で、とても対抗戦など無理である。できれば五人にしてくれぬか」

とか、

「対抗戦に張り切った二名が木刀での稽古で、ふたりして怪我を負ってこたびの対抗戦に出場は叶わぬ。せめて五人一組に変更はならぬか」

と注文がついた。

主催する青柳道場では、具足開き間近だが要望を受けることにして、代表七人を五人に絞り込むことにした。

筆頭師範の財津に訴えようとしているのは、対抗戦不出場になった二名だった。そのひとり池内五平《いけうちごへい》が、

「筆頭師範、われらこの期に及んで不出場とは残念至極です。もしできることなれば、青柳道場、もうひと組、二ノ組五名を選んでいただき、出場することは叶いませぬか」

と懇願した。

「なに、うちだけ、ふた組を出すというか」

「師範、七道場の出場では初戦ひと組余りますな。そこへわれら青柳道場二ノ組が当たれば、すっきりしますぞ」

池内の主張に、ううーむ、と唸った財津筆頭師範が、

「うちだけふた組な。他の道場から文句は出ぬか。うちも二ノ組を出すというよ

うな提案にならないか」

「師範、他の六道場はうちのように門弟衆が多くはございませんぞ。それがしがどう思案しても、二ノ組を出せるのはうちしかおりません。われら、なんとしても対抗戦にて他の道場の門弟衆と竹刀を交えたいのです」

と池内とともに不出場になった田仲武次郎《たなかたけじろう》が、

「お願いします」

と頭を下げた。

この問答は道場主の青柳七兵衛の隣で善次郎も聞いていた。池内と田仲両人ともに道場主へ直の掛け合いだ。

七兵衛が善次郎を見た。

「ふたりの気持ちも分かります。どうでしょう、両人を加えた青柳道場二ノ組を人選し、出場させませぬか。元々、若手の門弟衆の育成が狙い、勝ち負けは大事ではありますまい。池内どのも申していたが、青柳道場二ノ組の誕生で対抗戦も平等のうえにすっきりしますな。すでに池内どのと田仲どのの頭には他の三人の名があるのではありませぬか」

善次郎の言葉を聞いた若いふたりがにんまりした。

「筆頭師範、客分はああ言っておられる。どうしますかな」

道場主の青柳が若い門弟を仕切ってきた財津に問うた。

「青柳先生、七人ひと組を五人に絞る提案をしたのはうちではございません。この際、二ノ組を設けましょうか。すると初戦八組で四試合とすっきりします」

「具足開きは明日です。もはや六道場に許しを得る暇はありません。明日、それがしが六道場には通達を致しましょう」

との青柳七兵衛の言葉で内々には決着がついた。

「安生彦九郎、そなたらも聞いておったな。池内と田仲の企て、受け入れる。さよう心得よ」

と筆頭師範が告げた。

「われらにはなんら差し障りございません。さすがは池内五平の知恵ですな。もっとも剣術でもあのように知恵が回るといいのですが、ただ我武者羅《がむしゃら》なだけの攻めです」

「彦九郎、そなたの連続面打ちとて、それがしの我武者羅剣術と変わりないわ。ともあれ、われらは一ノ組の競争相手となったのだ。明日、決勝戦で一ノ組を負かすぞ」

と池内が言い切った。

「よし、どうだ。これより一ノ組と二ノ組での実戦稽古をしないか」

「よかろう。明日どころか本日決着をつけたいか」

と言い合う両人を見た七兵衛が善次郎に願った。

「小此木客分、この者たちの面倒をみてくれませぬか」

「相分かりました」

と道場主に即答した善次郎が、

「二ノ組、五名の人選は終わっておるか」

と尋ねると、

「客分、終わっております」

と池内五平が答え、

「ならば、ただ今より一ノ組、二ノ組の立ち合いですか、客分」

安生彦九郎が善次郎に問うた。

「ふた組の立ち合いは明日に取っておきなされ。本日は合同稽古だ」

「客分、彦九郎を叩きのめす絶好の機会はやはり明日になりましたか、残念なり。で、合同稽古とはどのような稽古でしょうか」

と五平が問うた。

「そうだな、両組ともに力が有り余っているようだ。今いちど青柳道場の門弟仲間に戻り、それがしとの立ち合いはどうだ」

「えっ、客分と十人との立ち合いですか」

「それがしがそなたらの若い力に押し潰されるか、はたまたそれがしがそなたらを叩きのめすか。一度打たれたからといっても五体が動き、竹刀を振るえるうちはこの立ち合いは終わりませんぞ。明日の具足開きまで続けても構わぬ」

「なんと、具足開きまで稽古は続きますか」

と一ノ組の先鋒と目《もく》されていた三次庸次《みよしようじ》が善次郎に質した。

「ああ、それも一興《いっきょう》だな。道場で十分な稽古を積んで対抗戦に挑みなされ」

「客分、腹が減ります」

「一日くらい食せぬとも人は死にはせんぞ、田仲武次郎どの」

「ううーん、夜通し稽古で対抗戦に挑むか、立っておれようか」

「ならば対抗戦を前にしたこの立ち合いの稽古を半刻でも早く終わらせなされ」

「つまり客分を叩きのめして立ち上がれぬようにせねば終わらぬか」

「そういうことだ」

との善次郎の言葉に、

「客分、われら、しばし話し合いを持ってはなりませぬか」

「安生どの、許す。ただし、長い話し合いは無用」

「承知しました」

と応じた安生彦九郎が、九人を集めて何事か説明し、短い問答が終わった。

「お待たせ申しました、客分。ひとつ、お願いがございます」

「なんだな」

「客分もわれらと同じく竹刀を持って立ち合ってくだされ」

「承知した。ただし稽古が長くなるやもしれぬ。竹刀を三本ほど用意しておいてよかろうか」

「おや、われらとの立ち合いで、客分の竹刀が何本も傷《いた》むと思われますか」

「一対十人、長時間の稽古が推量されるゆえな」

善次郎は若手十人の過剰な張り切りぶりを軽減しておこうと思ったのだ。ゆえにそれなりの時間、稽古の相手を務めようと思っていた。

「客分、もはや、われら、神道流青柳道場のひよっこ門弟ではございませんぞ。そうですね、半刻ほどで決着をつけてみせます」

「安生どの、その心意気やよし」

「ならば早々にお願い申します」

との安生の言葉で善次郎はいったん道場の端に引き下がった。すると問答を聞いていた筆頭師範の財津が、真新しい三本の竹刀を差し出した。

「小此木どの、かの者たち相手になにを狙っての三本竹刀かな」

「対抗戦を前に頭にある雑念をすべて叩き潰しておこうと考えました」

「ほう、若い衆の雑念を頭から叩き出しますか。それにしても夜通しの稽古のあと、雑念は消えてなくなるだろうが、同時に十人の体力も失《う》せて対抗戦どころではなくなるぞ」

「なればよい結果が生じましょう」

「ううむ、どのような打ち合い稽古かのう」

と首を捻った財津師範が三本の竹刀を渡すと、善次郎に背を向けようとした。

「筆頭師範、ちとお願いがござる」

と呼び止めた善次郎と財津師範の問答はいささか長く続き、師範が最後には了解した。

十人の若手門弟が道場の中央に集まり、なにか言い合っていた。そこへ財津師

範が歩み寄って、

「一対十人の稽古の立会人をそれがしが務める。よいな、立会人の言葉はどのような場合であれ、絶対である。相分かったか」

「分かりました」

と十人が声を揃えた。そして、

「われらの先鋒はだれにするか、いいか、客分が相手だ、先鋒の役目はできるだけ打ち合いの時間を長く引き延ばすことだ」

と彦九郎が九人の仲間に言った。

「おおー」

と声を上げた面々に審判を務める財津師範が、

「そのほうら、先鋒も次鋒もないわ。十人が先鋒、十人の力を合わせて一気に客分と立ち合うのだ」

「はあぁ」

と一ノ組の先鋒を務める三次庸次が訝しげな声を発した。

「財津師範、われら十人が一気に客分の小此木善次郎様に攻めかかるのですか」

「おお、いかにもそうだ。客分を取り囲み、背後から攻めることも許される」

「なんと一対十人の打ち合いはさような形式なのですか。客分はこのことを承知ですか」

「むろんじゃ、客分からの申し出だからな」

「最前の話し合いは無駄だったな。どうするな、われら、十人の一気攻め」

彦九郎に質したのは二ノ組の田仲武次郎だ。

「どうするもこうするもあるまい。十人で客分を囲んで一気に攻めれば、いくら客分とて対応はできまい。それでも立っておれば、道場の片隅に十人で追い込んで竹刀を振るうだけだ」

十人一気攻めの稽古へと変更されたが、彦九郎がいよいよ意気軒高に言い放った。

「だよな。いくら客分でもわれら十人の十本の竹刀の攻めは受け止めきれまい」

「よし、一気に攻めて半刻で決着をつけるぞ」

と言い合った。

「そなたら、策の話し合いは終わったか」

「師範、一対十人の同時打ち合いの経験がありますか」

と一ノ組の中堅《ちゅうけん》飯村七太郎《いいむらしちたろう》が問うた。

「それがしか、幼少の折り、遊びでは一対複数の打ち合いはなしたが、道場での立ち合いでは見たことも聞いたこともないな」

との財津師範の返答に、

「小此木客分とてわれらと同じ人である。十本の竹刀の攻めにどれほど耐えられるか、楽しみです」

と彦九郎がにやりと笑った。

そんな財津師範と彦九郎ら十人の問答を善次郎は道場の片隅から聞いていた。

「お待たせ申した、客分」

との財津師範の言葉に善次郎は両手に一本ずつ竹刀を持ち十人の前に立った。

「おお、さすがに客分もわれら十人の竹刀の攻めに一本の竹刀では応対できぬと考えられたぞ」

と池内五平が言い、

「彦九郎、一気攻めじゃぞ」

と飯村が言い切って、財津師範が、

「一人の客分か十人の若手組か。叩かれて倒れた相手をさらに叩いてはならぬ。立ち上がるまで待って打ち合い再開じゃぞ。よいな」

善次郎が頷き、十人の若武者たちが、

「おお」

と呼応《こおう》して、

「立会人の制止があったとき以外は立って戦うのみ」

と財津師範が言い切り、彦九郎ら十人がさあっと、後退して間合いを空けた。

「よいか、一気攻めじゃぞ。客分を円の外に出すでない」

善次郎を中心に円を描くように囲んで十人が竹刀を構えた。

むろん善次郎の正面には青柳道場の若手の一番手を自負する安生彦九郎がいた。

一方、善次郎は二本の竹刀は下げたままだ。

板壁に下がってこの模様を眺めていた先輩門弟たちが興味津々に一対十人の対決を眺めていた。

「どうだ、客分はどれほど持つかのう」

「いや、それがしは若手連の完敗かと思う」

「小此木どのの陰流苗木も抜刀技も在所剣法じゃぞ」

などと言い合った。

白扇を手にした立会人の財津が、

「立ち合い、始め」

と戦いを宣告した。

「それっ」

とばかり若手連十人が一気に踏み込んで竹刀を振るおうとした。

その瞬間、善次郎の姿が見物の門弟衆には消えたように見えた。

「うむっ」

善次郎は十人の攻めを見ながら腰を沈めていた。

彦九郎らは一瞬、

（なんだ、どうした）

と動きを止めた。

次の瞬間、腰を沈めていた善次郎が気配もなく跳び上がり、十人の輪の外に跳び下りていた。

「客分が消えた」

と若手連が善次郎の姿を探した。

その直後、彦九郎の腰を善次郎の竹刀が巻きつくようにびしりと叩いて彦九郎は隣で構えていた一ノ組副将仲村順次郎《なかむらじゅんじろう》の体に絡《から》み合って床に転がっていた。

「なにが起こった」

と竹刀を無暗《むやみ》に振り回す若手連が次々に床に倒され、あっ、という間もなく十人は床に転がっていた。

二

小此木善次郎は力を込めて叩いたわけではない。ゆえに彦九郎らは間を置いてなんとか立ち上がることができた。とはいえ、一撃目の衝撃で全員が心身ともにがたがたになり、戦う気迫どころかなんとか竹刀を構えるのがやっとだった。

「そなたら、最前の大言壮語《たいげんそうご》はどうした。衆を頼んだところでどうにもなるまい。己の力を率先《そつせん》して発揮できぬとなれば幼子の遊び以下じゃな」

と善次郎が非難とも鼓舞《こぶ》ともつかぬ言葉を放ったが、十人の戦う気持ちは失せて萎《な》え切っていた。

「ならばこちらから参る。抗う気持ちがなければ叩かれ放題だぞ」

両手の竹刀を構えて十人の相手へ迫った。するとずるずると若い衆が下がった。

さすがに安生彦九郎と仲村順次郎のふたりは、構えていた竹刀に力を込めて、踏み込んできた。

「おお、その意気じゃぞ」

瘦身の彦九郎が必死の形相《ぎょうそう》で面打ちに来た。もはや面打ち自慢の彦九郎の動きではなかった。

善次郎の対応を見て、ともかく面打ちを振るったのだ。その傍らから順次郎も胴打ちを見せた。

両人は自信を失《な》くした分、気迫に欠けた攻めだった。

「おお、慎重な攻めよのう」

と言い放った善次郎の陰流苗木、二の太刀の続け打ちがふたりの面打ちと胴打ちを軽く弾くと、

「それ、その次の一手はどうだ」

と鼓舞した。

「面打ち連打」

と叫んだ彦九郎の面打ちが善次郎の額を繰り返し叩いたが、左手の竹刀に弾き返された。それでも最前より攻めに力が込められていた。

「よし、悪くはない、彦九郎どの」

善次郎の言葉に順次郎もしっかりと踏み込んで竹刀を振るった。

しばらくふたりと善次郎のやり取りが繰り返された。

「おい、そこの八人、そなたらは見物か」

「くそっ、おれたちも彦九郎と順次郎に加わるぞ」

呆然として三人の動きを見つめていたひとりが叫び、残りの仲間が気力を奮い起こして戦いに加わった。

なんとか一対十人の打ち合いが復活した。だが、四半刻《しはんとき》（三十分）も続かなかった。ひとり倒れ、ふたり目が床に転がり、とうとう十人が動けなくなった。

善次郎が二本の竹刀を手に床に転がった若い衆を見下ろし、

「どうだ、己の力を悟ったか」

彦九郎が辛《かろ》うじて上体を起こし、

「師匠、情《なさ》けのうござる。それがしの力はこんなものか」

「おお、そんなものじゃ。まずそのことをとくと肝《きも》に銘《めい》じよ」

「は、はい。われら、対抗戦に出る資格はありません」

「なに、彦九郎どのは他道場の面々と戦わぬというか」

「青柳道場の恥です」

「そう、恥を掻くのも稽古、修行である。叩きのめされるつもりで対抗戦に出よ。相手を制するよりも大事なことじゃ」

彦九郎がしばし善次郎の言葉に沈思していたが、こくりと頷いた。

具足開きの当日、幽霊坂の青柳道場に六道場の対抗戦出場者たちが次々に集まってきた。

善次郎は若い連中を見ながら、十年前の自分を思い起こしていた。

（かように幼かったのだろうか）

美濃の苗木城下は在所だけに剣術を志す仲間と呼べる者はいなかった。ただ、父から陰流苗木と夢想流抜刀技を叩き込まれた。道場の床に転がされた瞬間に立ち上がらなければ竹刀で殴られた。ときに木刀で叩かれることもあった。そんな日々だった。

幽霊坂の青柳道場には多士済々《たしさいさい》の門弟衆がいて、同輩の仲間もできた。

（父ひとりの指導に感謝すべきか）

青柳道場の一ノ組、二ノ組の面々は六道場の出場者に、

「控えの間は、道場の裏手です、稽古着にはそちらで着替えてください。厠《かわや》も

控えの間に設けられています。分からないことがあったら、なんでもわれらに尋ねてくだされ」

と出場者の世話方を務めていた。どうやらだれかに命じられてのことではないらしい。

彦九郎が率先して声をかけて、世話方を全員で務めていると善次郎は推量した。

他道場の出場者が着替えに控えの間に向かった折り、財津筆頭師範が、

「ご一統に申す。当道場の二ノ組出場が正式に認められた。一ノ組も二ノ組も小此木客分の教えを思い出して戦え。よいな、そなたらにとって勝ち負けは大事ではない。われらが道場以外の剣術を知ることが大事なのだ」

との言葉に青柳道場の十人が、

「財津師範、承知しました」

と素直に受けた。

青柳七兵衛は常に、

「剣の道を志すとは単に強くなることではない。強弱以前にどのような場合も人として、ただ今なにをなさねばならぬか、そのことを思案し実践することだ」

と教え諭《さと》していた。

彦九郎は、いささか自信を持っていた剣術で善次郎にあっさりと、それも完璧に負かされたとき、七兵衛の言葉を思い出したのであろう。

若手組の対抗戦は合同具足開きの儀式の前に催される。そこで八組の組み合わせが発表された。

早々に着替えを済ませた他道場の三十人が、

「おお、われら青柳道場の二ノ組と当たるぞ」

「われら一刀流佐野不左衛門《さのふざえもん》一門は一ノ組とじゃぞ、楽しみかな」

などと言い合った。

そんな雰囲気の中、青柳道場のふた組の十人は、道場の隅で竹刀や木刀を振って体を黙々と動かしていた。

六道場の指導者や高弟《こうてい》が青柳道場に集い、緊張した出場者に声をかけていた。

「ご一統様、合同の具足開きに先立ち、若武者四十人八組の対抗戦を催しまする。こたびの対抗戦の審判を、神影流指導者野中市之亟《のなかいちのじょう》様にお願い致した」

と財津が紹介した。

野中は江戸でも有数の剣術家にして、また最古老の剣客として知られていた。また、道場を持つことなく生涯独り身を通した剣ひと筋の人物としても知られていた。

「野中でござる。それがし、弟子を持たぬ剣術家ゆえ、かような催しはうれしい機会でしてな、当道場の青柳七兵衛先生に願って、手伝いを致すことにした。なにしろ古希《こき》を迎えてな、目も勘も悪うござる。せいぜいしっかりと相務めるで、間違いの折りはお許しあれ」

と挨拶した。

すると、青柳道場見所に集う老年の道場主や剣術家から、

「おお、野中先生、古希とはめでとうござる。対抗戦の出場者は先生の孫かひ孫の歳、古希の剣術家の審判は生涯の宝でござるぞ」

「おお、かような機会は滅多にござるまい。対抗戦の若武者らにとって名誉であるな」

などと祝意や感謝が述べられた。

さすがに古希の野中より年上の剣術家は見当たらなかった。すると財津筆頭師範が思い迷った末に、

「その昔、七つか八つのころでしたか、野中先生に教えを乞うた財津惣右衛門と申す者にございます」

と言い出した。

「なにっ、四十年も前の話かな、待てよ。それがしが幼子に出会《でお》うて剣術を教えるなど滅多にないことでな、たしか昌平坂の武道場ではなかったか。で、ただ今は青柳道場の師範を務めておられるか」

と野中は四十年以上前のことを記憶していた。

「はい、野中先生はそれがしの大師匠にございます」

「よう頑張られたな」

と野中が満足げに微笑《ほほえ》み、財津が破顔《はがん》した。そして、笑みの顔を本日の対抗戦の出場者に向けた。

「改めて申し上げる。文政十年の青柳道場の具足開きの催しのひとつ、七道場八組による若手門弟の対抗戦を開始致す。一番手、神明流《しんめいりゅう》栗村《くりむら》道場対神道流青柳道場二ノ組」

との財津筆頭師範の声に最初のふた組の十人が道場の中央に呼ばれた。

かくて若手同士の力いっぱいの対抗戦が始まった。

結局、決勝に勝ち残ったのは、青柳道場の一ノ組、二ノ組であった。この十人の中で、安生彦九郎、仲村順次郎のふたりは一度も打ち合いに出ることはなく、

対抗戦が終わった。すると審判を務めた野中市之亟が、

「そなたら、ふたり、日ごろの稽古ぶりを発揮できんで残念じゃな。どうだ、爺《じい》様に付き合うてはくれぬか」

彦九郎も順次郎も野中の言葉の意が直ぐには理解できなかった。

おおー
と道場内から歓声が上がり、財津惣右衛門が、

「彦九郎、順次郎、野中先生がそなたらふたりを指導してくださると申されておる。どうするな」

「まさか、われらをご指導くださいますか」

彦九郎が眼差《まなざ》しを野中に向けると野中がこくりと頷いた。すると彦九郎が、がばっ、とその場に正座し、頭を下げた。

順次郎も慌てて見習った。

「野中先生、お願い申します」

とふたりが声を揃え、野中が、

「そなたらの師範財津どのと相まみえた四十年前とは違い、ただ今の野中市之亟、ただの年寄りに過ぎぬ」

と応じて、野中が彦九郎と順次郎の相手を丁寧に務めてくれた。

この指導ぶりを見た江戸の剣術界を代表する面々が、

「おお、なにがただの年寄りか。なんとも神気《しんき》が漂う指導ぶりかな、かような雰囲気、それがしのような中途半端な齢では醸《かも》し出せぬ」

と感嘆した。

彦九郎も順次郎も生涯で一度あるかなしかの機会にただ無心で従ったあと、

「安生彦九郎どのに仲村順次郎どのであったたな。そなたら、よき師匠らに恵まれておるな。青柳七兵衛先生や財津師範方の教えを生涯忘れてならぬぞ」

と野中が言い添えた。

「はい」

と答えた彦九郎が、

「青柳先生や財津師範のご指導を生涯忘れることはございません。ですが、もうおひとり名前を挙げるべきお方がわれらにはおられます。迷惑をかけっ放しでしてな、本日もなんとか対抗戦に出場できたのは客分師範小此木善次郎様のご助勢のおかげです」

と言い、この言葉に善次郎が驚きの表情を見せた。

「ほう、こちらには客分師範がおられるか。どなたかな」

善次郎は道場主の青柳を見た。すると、こくりと頷き、名乗ることを許した。

善次郎はゆっくりと野中市之亟に向き合った。

「そなたがこの若侍らの指導者小此木どのか。出はどちらかな」

「美濃国苗木城下でございます」

すると野中がしばし沈思し、

「待ちなされ、苗木城下には小此木宗兵衛《そうべえ》どのと申される陰流苗木の遣い手がおられたが、そなた、縁戚かな」

善次郎はまさか父の名を江戸で聞かされるとは、としばし返答を忘れて驚いた。

「宗兵衛はそれがしの父にございます」

「となるとそなたが流儀を伝承されたか」

野中の問いに頷いた。

「野中様、小此木客分はこのあと、陰流苗木ならぬ夢想流抜刀技を具足開きの催しのひとつとして披露なされます」

との財津師範の言葉に、

「ぜひ見たきものよ」

と野中が応じた。

(なんと、父を知る野中市之亟師の前で披露するか)

「彦九郎どの、使い立てしてすまぬが、それがしの刀を控えの間から持ってきてくれぬか」

と願った。そして、野中に、

「拙き武術をお望みですか」

と問うてみた。

「できることなれば陰流苗木と夢想流抜刀技のふたつの技を拝見しとうござる」

との野中の言葉に頷いた。

彦九郎が携えてきた一剣に野中がまず興味を示した。代々剣術家の家系が使い込んできた刀は外見からも微妙な気を発していた。

「父御もお使いになられたな」

「はい。相模国鎌倉住長谷部國重二尺三寸五分にございます」

「拝見してよろしいか」

腰に手挟む前に野中に渡した。

野中はじっくりと國重を柄頭《つかがしら》から鐺まで眺め、自分の腰に差した。古希を迎えたという野中は善次郎より背丈が四寸（約十二センチ）ほど低かった。だが、ぴたりと腰に納まっていた。

「長谷部國重、ただ今も使い込んでおるようじゃな」

と腰から抜いた國重を善次郎に返した。

善次郎は野中の手の温もりが残る柄に、おのれの掌《てのひら》を添え、野中から間合いを空けた。野中市之亟が彦九郎と順次郎両人につけた稽古ぶりを見た小此木善次郎は、彦九郎の助勢を得て、踊るような動きで抜刀技を披露しようとしていたことを忘れた。己にできる技前を披露しようと決めた。

「夢想流抜刀技より陰流苗木、拙き技芸披露致す」

と宣言した善次郎はしばし瞑目して気を集中した。

どれほどの時が流れたか。

わずかに腰が沈み、同時に長谷部國重が光になって円弧《えんこ》を描き抜刀技が放たれ、さらに陰流苗木の基《もとい》の技が繰り返された。

動きは一貫して水の流れのようで自然極まりなかった。

能楽《のうがく》の舞のごとく静寂にして永久が感じられた。

この静けさの恐ろしさを感じたのは野中市之亟のほか数人だった。

ふたたび國重が鞘に納まったとき、若い安生彦九郎は、善次郎の真の技を初めて見たと思った。

三

睦月《むつき》から如月《きさらぎ》へと季節が移ろった。

梅から桜へと神田川両岸の景色が変わった。江戸が一気に華やかな姿を見せてくれた。

一口長屋が江戸でも格別な住まいと実感した佳世は、

(江戸に出てきてよかった)

とつくづく思った。

洗濯しながら崖下《がけした》に広がる江戸を見た。

ふだんはどこにあるのかひっそりして分からなかった桜に花が咲くと、それぞれが誇《ほこ》らしげに栄華を競い合った。

(江戸にこんなにもたくさん桜の木があるなんて)

佳世はいつしか苗木城下で歌われる俗謡《ぞくよう》を口ずさんでいた。

「美濃の苗木はちいさな城下《まち》よ
季節がめぐって桜の季節
ヨイヤナヨイヤナ
花は満開、風がふき
ヨイヤナヨイトセ
桜ふぶきが城下を染める
ヨイヤナヨイトセ」

「あら、佳世さん、歌が上手ね」

長屋の住人、屋根葺《ふ》き職人八五郎の女房のいつきが褒めてくれた。

いつきの娘のかずに近ごろしっかりとしてきて歩き始めた芳之助が弟のように従っていた。

「えっ、私ったら、在所の唄《うた》なんて歌っていたわ」

すっかり一口長屋の暮らしに慣れた佳世が照れ笑いした。すると、かずと芳之助が、

「ヨイヤナヨイヤナ」

と真似をした。

「いい季節になったわね。苗木は唄に歌われるほどいい城下なの」

「いつきさん、江戸とは比べようもないわ、いつも言うように寂しい在所よ。だから、桜の季節が待ち遠しくて、ヨイヤナ苗木が歌われるのだと思うわ」

「そうか、そうだよね。江戸だって桜の咲く折りは格別だもんね」

といつきが応え、佳世も洗濯の手を休めて一口長屋から見える桜をいつまでも眺めた。

「いつきちゃん、佳世さんに話したかい」

差配の女房吉《きち》と植木職人の女房のおまんが井戸端に姿を見せて話しかけてきた。

「私ったら、大事なことを佳世さんに言い忘れてたわ。きっと桜の花のせいね」

「おまえさんは、うっかり者だからね」

と長屋の女衆の中で一番年上、姉さん株の吉が言った。

「なにかしら、私に大事なことって」

「佳世さん、おまえさんの一家が一口長屋に引っ越してきてすぐだったかね。この神田明神界隈に住み慣れたら、長屋の女連と子どもたちだけでさ、江戸見物に行こうって言わなかったかえ。どう、桜見物を兼ねて出かけないかい」

「江戸城を望む日本橋《にほんばし》とか魚河岸《うおがし》でしたね」

「そうそう、女たちと子どもだけ、男衆抜きで江戸の真ん中で一日過ごすのよ」

と吉が言った。

佳世は女と子どもだけで何人になるんだろうと思いながらも、

「はい、参ります」

と即座に答えていた。

江戸に出てきて一年にもならなかった。だが、苗木城下を出る際に落ち着いた先のことを想像していた以上に小此木一家は江戸暮らしに慣れた。なにより善次郎の剣術が江戸での稼ぎを生み出すことが一家の落ち着きの要因だった。苗木で夢見た以上に稼ぎがあった。佳世にはうれしいかぎりの見込み違いだった。

その夜、夕餉《ゆうげ》の折りに女子どもたちだけでの江戸見物の一件を善次郎に告げて、許しを乞うた。

「おお、いい話ではないか。楽しんでまいれ」

と即座に了解した善次郎が、

「芳之助を入れて何人になるかのう」

「お吉さんを頭に女衆が五人、子どもを加えて八人ですよ」

「そうか、八人か」

となにかを思案する風を見せた。

「いつ、参るな」

「まだ日にちは決まってないの、明日には決まると思いますが」

「一口長屋にわれら大変世話になってきた、住まいも稼ぎもなんとか落ち着いた」

「おまえ様、夢を見ているようで今も信じられません」

「たしかに夢以上の現《うつつ》の暮らしよ。一年もせぬうちにかような話がわが家でできるようになるとはな」

と善次郎が応じた。


次の日、善次郎は幽霊坂の青柳道場に朝稽古に出かける前に、

「佳世、今日は道場のあと、回るところがある。長屋に戻るのは八つ（午後二時）過ぎ、いや、七つ（午後四時）過ぎかもしれぬ」

「仕事ですか」

「いや、私用じゃ。戻った折りに話そう」

と言い置いて善次郎は出かけた。だが、善次郎が長屋に戻ったのは、七つ半(午後五時)前だった。すると女衆たちは差配の長屋に集まって、女子どもだけの話し合いをしていた。

「おお、今お帰りか」

女の集いに男ひとりだけ同席していた義助が善次郎を見て、どことなく話があるといった表情をした。

「話は決まったかな」

「おまえ様、今ちょうどその話をしていたところですよ」

と佳世が答え、善次郎が頷き、

「さようか、ならばご一統にちと相談がござる」

「なんだえ、小此木の旦那」

と義助が女たちに代わって問うた。

「女衆が五人、子ども三人の八人じゃな」

「小此木さんが加わるというのか」

と義助が質した。

「いや、女衆だけの楽しみにそれがしが加わることはない。お吉どの、そなたら、日本橋まで猪牙舟で出かけるかな」

「猪牙だって、うちらは分限者《ぶげんしゃ》の奥方様じゃないよ。朝早く出てね、ゆっくりと徒歩で日本橋に行き、帰りも歩きだね」

「お吉どの、徒歩でこの界隈から日本橋までどれほどかかるかお分かりか」

「さあね、うちら、神田明神界隈で過ごしているからね、どれほどかかるか分かりませんよ。旦那は承知かね」

「本日、朝稽古を終えたあと、そなた方の歩きを想定して日本橋に向かった。それがし、未だ江戸の地理に慣れぬこともあって幾たびも迷ったわ」

「小此木の旦那、お吉たちも必ず迷うぜ。それに子どもたちが疲れてな、おっ母《か》さんに負ぶわれてみな。もっと暇がかかるぜ。ちなみによ、旦那はどれほどかかったね」

「義助どの、たっぷり一刻《いっとき》(二時間)、いや、それ以上かかったな。日本橋からお城を眺めながら、通りの大店《おおだな》やら老舗《しにせ》を覗くふりして江戸橋から魚河岸、照降《てりふり》町《ちょう》を越えて、芝居町《しばいまち》やら元吉原《もとよしわら》を見物していると、四つ半(午前十一時)くらいになるのではないか。これでな、神田明神の門前町まで子ども連れで戻るのは、至難の業じゃぞ。それがし、入堀の小川橋《おがわばし》から猪牙舟を頼んでこちらまで戻ったのだ」

と善次郎が言い切り、

「おれが最前から吉たちの話を聞きながら案じたのはそのことよ」

と義助が応じた。

「なんだって小此木の旦那もうちの亭主も、女衆の楽しみに水を差すんだよ。この話はなしにしろってか」

吉の言葉には怒りがあった。

残りの女衆も愕然《がくぜん》としたり、悄然《しょうぜん》としたり様々な顔を見せていた。

「そこだ」

と義助が善次郎を見た。

「旦那はなぜ徒歩で日本橋まで歩きなさったな。なにか曰くがあるんじゃないか」

「うむ、時間がかかることは分かっていたがな、口だけでは無責任と思うて実際に歩いてみた。はっきり申そう。お吉どの、徒歩で日帰りは無理じゃぞ」

「やっぱり駄目かえ。旦那、私らは猪牙や駕籠に乗る身分じゃないやね、いやさ、贅沢《ぜいたく》はできないんだよ」

「十分に承知である。でな、ここからが相談だ。舟を借り切るならばお吉どの方の気晴らしは楽にできる」

吉がなにか言いかけた。それを制した善次郎が、

「女衆の行楽《こうらく》、いつのことだな」

「いつだって行けるよ」

「吉どの、明後日でもよいか」

「むろん構わないよ」

女衆を仕切る吉が言い切った。

「ならば好都合、明後日と決めた」

「旦那、なにを決めたって」

「それがし、柳橋の船宿風りゅうを訪ねてな、事情を説明して明後日の朝から夕暮れまで猪牙舟を借り切って参った」

「なんだって、旦那が金を立て替えたというのか」

と義助が質した。

「いや、立て替えたのではない。支払ったのだ。船頭は梅五郎どのでな、付き合

いは浅いが互いに信頼しておる間柄だ」

吉らは、善次郎の話がどこにいくのか分からぬといった風情で聞いていた。

「つまり小此木の旦那はお吉らの遊びの代金を支払ったのだな」

と義助が応じた。

「そういうことだ。いささか不遜《ふそん》とは承知しておる。だがな、ご一統、しばらくそれがしの話を聞いてくれぬか」

「聞きましょう」

義助が返事をした。

「われら一家がどうして神田明神の一口長屋に住み始め、仕事も授かったのかはご一統承知であろう。ゆえに改めて説明はせぬ。

江戸に来て一年も経たぬのにかように暮らしが成り立っておる。そればかりか、なにがしか金子をこちらの長屋の大家、越後屋九代目嘉兵衛様のもとに預けておる。それもこれもひとえに義助どのはもとより長屋の女衆の力添えのおかげである。われら、佳世と話し合い、いつの日かささやかなお返しがしたいと思うておったのだ。のう、佳世」

と善次郎が佳世に話を振った。

「はい、私ども夫婦、亭主が申したようにお礼をと考えていたことはたしかです。本日のこと、私にもどういうことだか、亭主にどうしてそのようなことができるのか分かりません。されどお吉さんをはじめ、長屋の先住の方々、うちの一家の気持ちを受けてはいただけませぬか」

　と佳世が頭を下げて願った。

ううーん、と唸った義助が、

「小此木善次郎のさ、剣術が並みじゃねえ、金子も稼げることをおれは薄々承知だ。だがよ、剣術家小此木善次郎が命を張って稼いだ金だぜ。それをお吉らの遊びに使っていいのかえ」

「だからこそ、大事な仲間衆のために使いたいと思ったのだ。

　一口長屋に住み、そこには親身になってくれる住人がいる。そして、差配が察しておられるようにわずかながら稼ぎもある。繰り返しになるが美濃の苗木を追われるように出る折りは夢にも考えられなかったことだ。お吉どの、ご一統、最前の女だけの半日行楽、楽しんでくだされ、お願い申す」

　との言葉を聞いた吉が、わああ、と声を上げて泣き出した。

「悲しくて涙をこぼすんじゃないよ。嬉しすぎて涙が流れるのさ」

そんな吉におまんがつられて泣き出した。

「おい、厄介なことをしやがったな、小此木の旦那よ。おめえさんのことだ、まだ隠していることがあるんじゃゃないか」

「好きか嫌いか知らぬので喜んでもらえるか分からぬが。堺町《さかいちょう》の中村座《なかむらざ》にお吉さん方の土間席が取ってある。ううん、これもな、柳橋の船宿風りゅうの女将《おかみ》お京《きょう》さんの口利きだ。在所者のそれがしではとてもできぬ相談だ」

「魂消た」

と叫んだのは涙をこぼしていた吉だ。

「わたしゃ、平土間《ひら》でお芝居を観るのが夢だったんだ」

「おい、平土間でよ、出し物はなんでもいいのか」

「明後日のお芝居の演目なんて知らないよ」

「待て、待ってくれぬか。市川團十郎《いちかわだんじゅうろう》という役者の荒事《あらごと》、『助六《すけろく》』じゃそうな。いい演目かのう」

と善次郎が風りゅうの女将から教えられたことを告げた。

その場の全員が在所者の善次郎の無知に驚くと同時にしばし沈黙していたが、

「魂消たよ。わたしゃ、團十郎丈《じょう》の『助六』を見たらいつ死んでもいいよ」

と吉が漏らし、

「死なれてたまるか」

と義助が喚いた。

「旦那、子どもたちはどうするよ。幼い三人が團十郎を見て喜ぶか。却《かえ》って泣き叫ばないか。周りの客に迷惑だぜ」

「案ずるな、義助どの。葺屋町《ふきやちょう》の親仁橋《おやじばし》際に猪牙舟を舫《もや》っておき、小女《こおんな》をひとり残しておくのだ。これも船宿風りゅうならではの知恵でござる」

「至れり尽くせりだな。手妻《てづま》はそれだけか、小此木の旦那の親切はよ」

「なにか足りぬかな、義助どの」

「舟はある。あちらこちらを見物もする、團十郎の『助六』も見物する。すべて抜かりあるめえ。だがよ、こうなると足りないのはひとつだけだな」

「ほう、足りぬものがあったかな」

「食いものだな」

「うむうむ、食いものときたか。お吉さん方の好みをそれがし、知らんでな」

「厄介だな、女五人に子どもか」

と義助が首を傾げた。

「それがしもな、日本橋界隈の美味《うま》いもの屋など知らぬ。ゆえにな、お吉さん方に相談だ」

「小此木の旦那に相談と言われると死んだり生き返ったりした心地になるよ、厄介だねえ」

「そなたら、柳橋の船宿風りゅうの料理を承知かな」

「冗談はよしてくんな。あの船宿は吉原通いの大旦那が集う店、料理も逸品と聞いたことがあらあ」

「明後日、舟は六つ（午前六時）から待たせてある。どうだな、風りゅうで朝餉を食してな、遊びに出られぬか」

「風りゅうの朝餉だと、もはや小此木の旦那になにを言われても驚かないよ」

「朝餉からお吉たちは、一流どころでめしかよ」

と義助が呆れた顔を見せた。

「残るは夕餉だな」

「なに、夕餉もついておるか」

「接待は最後が肝心と思わぬか」

「いかにもさよう、と言いたいが、どこで夕餉を食わせるよ」

「朝餉を食する折りな、風りゅうでそれぞれが夕餉の好みを女将に言い残してくれぬか。お吉どの方が風りゅうに戻った折り、注文の料理が待っておるのだ。夕餉ゆえ下り酒も供されようではないか」

義助が黙り込んだ。

女衆も言葉を失っていた。

「ダメか」

と義助が思わず漏らした。

「何がダメかな」

「いや、おれもお吉たちに従い、同行することにした」

「小此木の旦那以外、男はお断りよ」

と吉が言い切った。

四

「しばし待て」

と義助が叫んだ。

「おまえさん、なにを言ったっておまえさんは連れていけないよ」

「吉、そんなことじゃねえや。一体全体、船宿風りゅうの猪牙舟借上げ代に始まって小此木の旦那が好き放題に抜かしやがった諸々の金子はだれが払うのよ。こりゃ、五両や六両で済む話じゃねえぞ」

「えっ、小此木の旦那の背後にさ、だれかがいなさるんじゃないかね。たとえば門前町の米問屋越後屋の九代目嘉兵衛様とかよ」

「うちの大家は金貸しだよ。一文の銭だって無用な払いはしねえお方だ。吉だって承知だろうが」

「越後屋の旦那はちょいと無理だね。するとだれがこの金子を払うのだね、小此木の旦那」

「お吉どの、ご一統、最初に申し上げたではないか。われら一家がなんとか神田明神の門前町界隈で暮らしていけるようになったのは、ご一統のおかげとな。ゆえにささやかなお礼がしたいとな」

「あいよ、その気持ちはありがたいよ。まさか最前から聞いた費えを小此木の旦那が払うなんて無理だろうが。おまえさんはささやかなお礼と言うが、うちの亭主は大金がかかると言うよ。やっぱり夢の話に終わるかね」

と悄然とした吉が呟いた。

「お吉どの、すでに柳橋の船宿風りゅうの主夫婦には費えを払ってござる」

ふたたび三度沈黙があった。

「ぶっ魂消たよ。小此木の旦那は支払い済みだとよ、おまえさん」

吉が亭主の義助に言った。

「待て、待ってくれ。最前の話の蒸し返しだがよ。おまえさんが命を張って稼いだ金子で風りゅうに支払い済みってか」

「いかにも。すでに金子はすべて支払い済みである」

「一体全体いくら船宿に払ったんだね。中村座の平土間って、いくらかかるのさ。それだけで何両もしないか」

吉はあれこれと支払いが気になり出したか、だれとはなしに問うた。

「お吉どの、費えは案じなさるな。一文もそなた方が払う要はござらぬ」

「夢の話が現《うつつ》になったよ。いつきちゃん、おまえさん、明後日着ていく晴れ着を持っているかえ」

と吉が屋根葺き職人の八五郎の女房に尋ねた。

「お吉さん、わたしゃ、死んだ婆様の喪服を持っているよ。さあて、あの黒衣装、どこにあったかねえ」

「呆れた。最前から話を聞いていて、何十年も前に身罷った婆さんの喪服で中村座の平土間に座る気かね」

「ダメかね」

「やっぱり桜の季節らしく華やいだ衣装がいいね。神田明神の一口長屋の住人だよ、私たちはさ。普段着や黒衣装の喪服はみっともないよ」

「どうするね、まさか私らの衣装代まで小此木の旦那に払ってもらえないよね」

植木職人登の女房が善次郎を見ながら吉に問うた。

「おまんさんよ、そりゃなしだ。自分の着るものくらい自分たちで出さないで、一口長屋の住人でございって胸が張れるかえ」

「そりゃそうですよ。だけどさ、晴れ着を仕立てる銭はないし、あっても日にちがないよ」

神社の奉公人大助《だいすけ》の女房そのが、最前から黙って聞いている佳世に質した。

「佳世さんは晴れ着を持っているかえ」

「晴れ着だなんて、在所の苗木から身ひとつで江戸に出てきた私は持っておりません。この前に古着屋で単衣《ひとえ》を購《あがな》いましたね、あれではいけませんか」

「古着屋で買った単衣ね」

と女連が顔を見合わせた。

佳世は亭主の善次郎がきのうから思案していた一件はこのことかと思った。そして、朝稽古のあと、長屋の女衆のための楽しみを設《しつら》えたのかと思った。

善次郎が佳世をちらりと見た。その表情は、

(どうだ、この企て)

と問うていた。

(おまえ様、なんとも楽しい半日になりますよ)

と佳世は無言裡に笑みで答えていた。

満足げに微笑んだ善次郎が義助に視線を戻した。

「おお、女衆にとってだいじな召し物な、難題が残っておったか。そのことだが」

とさらになにか言いかけたのを義助が制した。

「ここはわっしに任せてくんな、小此木の旦那」

「なんぞ知恵がござるか」

「江戸っ子と威張《えば》ってもよ、冠婚葬祭に際してだれもが祝いごとや弔いに合わせ

た衣装を持っているわけじゃねえや。そんな折りのために貸衣装屋がさ、江戸じゅうにあるじゃねえか。昌平橋前の神田明神代地にもあるな。お吉、おめえら、五人の晴れ着を半日借りねえな。これくらいの銭はだれもが持っていよう」

と義助が言い切った。

「ならば、私たち、これから貸衣装屋を訪ねてくるかね」

と問答の末に五人の女衆と子ども三人が貸衣装屋に行くことになった。

善次郎が佳世に何事か告げて、財布を渡した。

慌ただしい女たちの外出のあと、一口長屋に差配の義助と善次郎の男ふたりが残された。

「小此木さんよ、おまえさんの気遣いが大事《おおごと》になったな。お互いさ、長屋暮らしだ。ああまでしなくてよかったんだがな」

「大いに騒がせたな。だが、われら夫婦の気持ちでござる」

「ああ、大変な散財をさせたな。これでまた小此木さんの懐がすっからかんになったのではないか」

「まあ、そんなところかな。これからまた地道に働こう」

「ああ、それがいい」

女衆が興奮の体《てい》で貸衣装屋から戻ってきたとき、善次郎は越後屋に顔を出して、なんでもいいから仕事があれば願うと、大番頭の孫太夫に頭を下げていた。その善次郎に頼まれていない義助も従っていた。

ふたりを見た孫太夫が、

「おや、小此木さん、このところせっせと働いておられたと思うていましたがな。なにか急に入り用が生じましたかな」

と問い質した。

「大番頭どの、いささか不意に費えが生じました」

「ほう、不意の費えね。国許でどなたか身内が亡くなられましたかな」

「国許のだれひとりとしてわれら夫婦が神田明神下の一口長屋に住んでいるなんて知りませぬ」

「となるとこの江戸で費消された。いえね、小此木さんが稼がれたお金です。どう使おうが越後屋が関わることではございません、それは承知です。ですが」

と言いかけた孫太夫に義助が、

「へえ、散財はわっしも承知なんでございますよ、大番頭さん」

「なに、義助さんも関わっておりますか」

「関わってはいませんが、小此木の旦那の気遣いを承知していますので」

「気遣いに金子を使われた。この界隈に義理が生じる店や御仁がおられますかな」

孫太夫の顔は、

（気遣いをなすならばまずうちだろうが）

と言っていた。

「気遣いといってもこちらへではありませんや。なにしろ新たな仕事を求めてきたくらいですからな」

と前置きした義助が、一口長屋の女衆の得る半日の暇に善次郎があれこれと気遣いし、その女五人に子ども三人のために船宿風りゅうの猪牙舟を借り切ることにした経緯から芝居見物をさせることまで事細かに語った。

話の途中から孫太夫は呆れたのか、黙り込んで義助の話を聞いていた。そして、義助の話が終わったとき、

「ふうっ」

と大きな息を吐いた。

「なんてことですね、長屋の女衆の足代わりの猪牙を借り切り、江戸見物に、中村座で團十郎の『助六』を見せて、柳橋の船宿風りゅうで朝餉に夕餉ですか。そりゃ、いくらお金があっても足りませんな」

と笑い顔で言い放ち、

「ちょいとご両人、お待ちくだされ。旦那様と相談してまいります」

と言い残して孫太夫が奥に通った。

「おれ、ちょっと言い過ぎたか」

「うーむ、稼いだ金子を大事にせよと叱られるかな。それがしにとって一番大事なことだったがな。商い大事の越後屋どのでは通じぬか」

「おお、老舗のお店どころか、おれにも小此木さんの話は通じないよな。一口長屋の住人の前によ、大家の越後屋にそうだな、四斗樽《しとだる》とは言わないがよ、酒切手を贈るのが先だよな、それが世間の習わしだぞ。だってよ、おれのかみさんなんぞを楽しませても、仕事ひとつつくるわけじゃねえや」

「さようか、それがしは世の中の習わしに反することをなしたか。佳世も加わって女衆五人と子どもらが楽しんでくれれば、言うこともなしと思ったのだがな」

善次郎は世間の考えと違うことに愕然としたが、これればかりは致し方あるまいと己に言い聞かせた。

越後屋の店先で両人は長いこと待たされた。

珍しく奥奉公の若い女衆が、

「小此木様でございますね」

と確認すると、奥座敷に通るようにとつけ加えた。

「女衆よ、一口長屋の差配をしている義助だが、わっしは呼ばれてないのかえ」

「義助、さんですか。お呼びではありませぬ」

と女衆が善次郎に三和土《たたき》廊下の奥、内玄関から奥座敷に通れと繰り返した。

中庭に面した越後屋の奥座敷では九代目嘉兵衛と大番頭の孫太夫が互いに帳簿を見せ合いながら仕事の確認をしていた。

「お待たせ申しましたな、小此木様」

と帳簿を小机に置いた嘉兵衛が言い、

「私はこれで」

と孫太夫が奥座敷から店へと戻っていった。

「主どの、多忙のみぎり、仕事の催促などご迷惑でしたな。申し訳ござらぬ」

「小此木様、話は孫太夫から聞きました。小此木様は仕事などせずとも金子はお持ちですな」

と善次郎へと体の向きを変えて言った。

「義助どのに稼ぎの額を悟られぬように仕事をしたいと虚言を申しました。お騒がせして申し訳ござらぬ」

と善次郎は頭を下げた。すると嘉兵衛がにっこりと笑い、

「そのことを言っているのではありません」

「はあ」

「小此木様がわが長屋の女衆と子ども三人のために柳橋の風りゅうから猪牙舟を雇い、日本橋界隈の町見物から中村座にて團十郎丈の『助六』を見物する手配をなさったことですよ。よく明後日の平土間が取れましたな。中村座に知り合いがおられますかな」

「嘉兵衛様、とんでもないことでござる。在所者のそれがしが中村座に知り合いなどおりませぬ。風りゅうの女将お京さんに相談すると、お京さんが一筆文を認めてくれました」

「ほう、お京さんが文をな。どなたに宛てたものですかな」

「中村勘三郎《かんざぶろう》というお方でした」

「ほう、頭取の中村勘三郎様にな、お会いになりましたか」

「はい、楽屋口でしばらく待たされましたが、頭取部屋に通され、事情を訊かれました。ゆえに正直に芝居のことは皆目《かいもく》分からぬ、美濃の苗木から出てきたばかりでと言い訳し、江戸に出ざるを得なくなった理由を申し述べました」

お京の文を手にした中村勘三郎頭取が、

「世話をかけてもらったお礼に、長屋の女衆に平土間で『助六』を見物してほしいとそなた様は考えられましたか」

「はい。それがし、在所の宮地《みやち》芝居しか存ぜぬ。一口長屋の女衆が中村座の芝居を生涯に一度でよいから見物したいとしばしば語るのを耳にし、なんとか見物させたいと考えたのでござる」

「なんともありがたい話です」

「では平土間を売っていただけようか」

「小此木様と申されましたな、明後日は中日《なかび》です。ちなみにそなた様は平土間の木戸銭《せん》がいくらか承知ですかな」

「とある人にお聞きしますと、二分と答えられました」

「風りゅうのお京さんですね」

善次郎は頷いた。

「お京さんの答えは正しい。平土間はせいぜい二分です。されど何年も前から高《たか》土間も平土間も席は馴染み客で埋まっております。明後日の木戸札《ふだ》などいくら小判を積まれても無理です」

善次郎は呆然自失した。

「さようか、木戸は潜れぬか。残念無念かな」

勘三郎は沈黙のまま、善次郎を凝視し続けた。

「小此木様、もしもの話です。私が平土間を用意しますと答えられたら、そなた様はなにを、この中村勘三郎に授けますな」

「最前、平土間はいくら小判を積まれても手に入らぬと申されましたな」

「はい、申しました」

「ならばそれがしの命を差し出す他はないか」

「平土間ひとつにそなた様の命ですか」

「こちらは江戸でも名高い芝居小屋と最前からの話で分かり申した。金子が動くところには必ずやよからぬ輩が嫌がらせに参ろう。破落戸《ごろつき》ばかりとは限るまい。

殺しを厭《いと》わぬ剣術家も参りませぬか。その折り、それがしが命を張って拒《こば》もう」

じいっ、と善次郎を凝視した中村勘三郎が、

「神道流青柳道場の客分師範の腕前、信じてようございますな」

と念押しした。

善次郎の履歴を伝えたとしたら、風りゅうのお京しかいないと思った。

「そなたが自分の芝居を信じるように、それがしの陰流苗木の技量、信じてくれぬか」

「偶さかですが、明後日の平土間がひとつ拠《よんどころ》無《な》い事情で空いております。そなた様の命と引き換えにしましょうか」

と中村勘三郎頭取が言い切った。

第四章　助六もどき

一

小此木善次郎は、結局、己は用心棒稼業であぶく銭を稼ぐしかないかと思った。が、中村座の頭取中村勘三郎は、

「うちは人気商売にございます。嫌がらせの輩に対して同じような力ずくで太刀打ちしてはなんの得もありません。よいですかな、そなた様は武人、真っ当な人に徹してもらいます」

真っ当な人の説明はなかった。武人という言葉を理解し、応じた。

「相分かった。こたびの平土間の木戸銭分の相手に心当たりがあるのだな」

「はい。市川團十郎丈が芝居に出られぬように手足を叩き折ると脅しておる三人

組がおります」

「三人な、そやつらの腕前を承知かな、頭取」

「うちでもこの輩に抗う剣術家を知らぬわけではありませんがな。そこで三人組に対してそれに倍する人数の武術家を差し向けました。うちの剣術家連中は反対に手足を折られて使いものにならぬばかりか、市川團十郎丈の無事を保証する代わりに五百両の金子を要求されてまいりました。私めのしくじりにございました。ゆえに小此木様には二の舞を演じてほしくない」

「ほうほう」

「うちは怪我を負わされた面々の治療代の他に五百両を払わぬと、『助六』の芝居は続けられませぬ」

「で、そやつらに五百両を払う心算かな、頭取」

「致し方ありません。さような折りに小此木様が現れなすった」

中村頭取は、助かったと安堵《あんど》する表情というよりも面倒が増すのではないかという顔つきだった。

「そやつらと連絡《つなぎ》は取れるかな」

「はい」

「ならば今宵九つ（午前零時）に五百両を渡すと告げ、そやつらを中村座の舞台に招いてくれぬか」

しばし沈思した中村勘三郎が、

「相手は三人ですぞ。もはや負けられませぬ」

「頭取、『助六』を演じる市川團十郎は天下にひとりだな、かの者に代わる役者を十人集めても團十郎丈の代わりが務まるまいな。役者も剣術家も数ではないわ、技芸を唯一の頼りとする者であらねばならぬ」

と善次郎が言い切った。

ふたたび沈思した勘三郎が、

「今宵九つですな」

と念押しし、

「それがし、必ずや九つには中村座の舞台に戻って参る」

「なんぞこちらが用意することがありますかな」

「神田川昌平橋に猪牙舟を差し向けてくれぬか、一刻前の四つ（午後十時）の刻限にな。そのほうがそなたも安心であろう」

と言い切った善次郎は、堺町から神田明神下の一口長屋に戻って、義助と女衆に明後日の計画を話して聞かせたのだった。

　中村座での経緯を話したのち、神田明神門前の越後屋を辞した善次郎は長屋で仕度を整えた。

　四つの刻限に昌平橋の船着場に下りてみると、柳橋の船宿風りゅうの猪牙舟が待機していた。なんと船頭は梅五郎だった。

　風りゅうの女将のお京は中村座の頭取中村勘三郎と昵懇《じっこん》だ。当然、善次郎が猪牙舟を願ったとき、お京に連絡がいくことは考えられた。だが、かような御用まで風りゅうが務めるとは、善次郎は思いもしなかった。

「小此木様よ、そなたにあれこれと仕事が舞い込むようだな」

「一家三人食わねばならぬでな」

「おまえ様の身内の食い扶持《ぶち》稼ぎではあるまい。中村座の『助六』を一口長屋の女衆に見せるための仕事ではないのか」

「梅五郎どの、そのとおりじゃ。その女衆の中にわが妻女と倅がおってな」

「とはいえ、食い扶持稼ぎとはいささか違うな。長屋の女衆の楽しみのためにおめえ様は命を張りなさるか」

「さよう、江戸の仕事は多様多彩であるな。在所とはまるで違うわ」

と言い切ると梅五郎が笑い出し、

「日本橋川につながる堀のよ、親仁橋に着ければよいな。おめえさん、このところしっかりと寝ていねえな。胴ノ間に綿入れがございますぜ。親仁橋まで綿入れに包《くる》まって休んでいきなせえ」

と言い添えた。

「ありがたい」

と善次郎は綿入れに包まり体を休めた。


深夜九つ前、中村座の頭取中村勘三郎は、小此木善次郎が姿を見せるのをいらいらしながらひたすら待っていた。

柳橋の船宿風りゅうとは代々の付き合いだった。それにしてもこたびの一件、江戸に出てきて半年余りの浪人者を女将のお京が信頼していることが信じられなかった。

いや、対面している折りは、幽霊坂の青柳道場の客分師範という小此木善次郎の人物を勘三郎も信頼した。だが、別れてみると、たった一度会った人物に中村座の命運を託《たく》していいのか、と案じられた。

そのとき、どこからどう入ったか、未だ名も知らぬ三人組が本花道《ほんはなみち》の幕を捲《まく》って姿を見せた。

頭取の勘三郎は本花道の反対側、舞台近くに立っていた。

(なんと小此木善次郎より三人組が先に来た)

と焦《あせ》った。

「頭取、五百両は用意しておろうな」

「今うちから若い衆が運んでくるわ。約定の九つにはしばし暇があるでな」

と虚言を弄するしか策はなかった。

「ならば待つか」

と三人組の頭分が応じた。

「おまえさん、名はなんと言いなさる。うちはこたびの一件、商いとして考えることにした。売り買いする相手の名も知らんでは商いもなにもなかろう」

と町奉行所には届けぬと言外に告げた。

ふーんと頭分が鼻で返事をして、

「直心一刀流《じきしんいっとうりゅう》剣術喜多川左門廣芳《きたがわさもんひろよし》」

で質した。
中村勘三郎は小此木善次郎が姿を見せるまでなんとしても間をつなごうと必死
「直心一刀流とは西国《さいごく》の剣術ですかな」
と名乗った。

「芝居小屋の頭取が剣術に関心を持つや。いや、違うな、なんぞ姑息《こそく》な策を弄しておらぬか」

と喜多川左門が言い放ち、ふたりの配下の剣術家に顎でなにかを命じた。

「喜多川氏《うじ》、あやつを捉《つか》まえよと申されますか」

「おお、芝居者だ。なにを考えておるか分からぬ」

「承知仕《つかまつ》った」

本花道をふたりの剣客が刀の柄に手をかけて進んでいく。そのとき、廻り舞台の手前、平土間との間にある本舞台のセリ床が下がっていき始めた。

「なにをなすや」

と喜多川が叫んで勘三郎に問うた。

「申しましたぞ。五百両を九つの刻限に持参すると」

と必死で知恵を絞り、さらに虚言を重ねごまかした。そのとき、勘三郎は羅漢《らかん》台《だい》の前に下がっていた。

「怪しいな」

本花道の途中にいた二人の剣客が刀を抜き放ち、舞台に走り込んでこようとした。

「待ちなされ。私や五百両を持参した若い衆を斬ろうなんて考えてご覧なされ。五百両の大金、奈落《ならく》にぶち撒《ま》きますぞ」

と勘三郎が叫んだ。

本花道にはもうひとつ、スッポンと呼ばれるセリがあった。このスッポンは本舞台のセリよりも小型で、妖怪やら化け物が登場した。スッポンも下がり始めた。

「なにが起こっておるか」

と剣客のひとりがスッポンの暗い奈落を覗き込み、もうひとりが本舞台のセリに走った。

廻り舞台の前のセリから助六が使う番傘を窄《すぼ》めて顔を隠した人物が姿を見せた。

(まさか團十郎ではあるまいな)

と羅漢台の前に佇《たたず》む勘三郎が思ったとき、半開きの傘が広げられて、

「ただ今、助六もどきに小此木善次郎登場」

と野太い声がして中村座の武人が右手に傘の柄を握り、もう一方の左手で傘の縁を摑んで、構えて見せた。

「よう、市川團十郎もどき、小此木屋」

と思わず頭取の勘三郎が掛け声を発した。

「なんだ、こやつ」

「おぬしらの要望の五百両、これに持参」

と善次郎が応えて足元の五百両を蹴り飛ばした。すると、芝居で使う小判がばらばらと平土間席に落ちていった。

「おのれ、騙しおったか」

と廻り舞台に飛び込んできた剣客のひとりがすでに抜き放っていた刀を振りかざし、傘を翳した善次郎に斬りかかってきた。

善次郎の手から番傘が飛び、視界を遮《さえぎ》られた相手が強引にも刃で傘を斬り割った。

次の瞬間、善次郎が踏み込みざまに下刃にした長谷部國重二尺三寸五分を抜き放ち、傘を斬り割ったひとり目の剣客の胴を國重の峰で叩いていた。

「嗚呼」

と悲鳴を上げた剣客が廻り舞台に悶絶して転がった。

「やりおったな」

とスッポンを覗いていたふたり目が本舞台のセリのところに駆け込んできた。

善次郎は本花道の向こうに佇む喜多川左門の動きを牽制《けんせい》するように見て、ふたり目に相対した。

善次郎は峰に返していた國重を右脇構えに取ると舞台に走り込んできたふたり目の脇腹を狙った。

走りながら振るった相手の剣より不動で待ち構えていた善次郎の國重が寸毫速く脇腹を叩き、平土間に叩き落としていた。

それを見た善次郎は、未だ本花道の奥で動かぬ喜多川左門へと歩いていった。

羅漢台の前に立つ中村勘三郎は、小此木善次郎のすごみに震え上がっていた。

「そのほう、居合術を使うや」

と左門が質した。

善次郎はその言葉に刃を鞘に納め、

「夢想流抜刀技をいささか」

と返答した。

「剣術だけかと思うたが、居合をな」
「居合ではござらぬ。抜刀技にござる」
両人は本花道のほぼ中央で向き合った。
間合いは一間半（約二・七メートル）。
左門が刀を抜いて正眼の構えに置いた。
構えを見ても重厚にして隙がない。正眼の構えのまま、一歩二歩と進んだ。
未だ間合いは一間。
夢想流抜刀技の間合いではない。
両人は睨み合った。
動かない。いや、ふたりして初めての相手に動けないのだ。
頭取の勘三郎は、真剣勝負とはかようなものかと微動《びどう》だにしない両人を見ていた。
そのとき、千代田城の時鐘《ときのかね》か、それとも本石町《ほんこくちょう》三丁目の時鐘かが九つの刻限を告げた。
その瞬間、左門が正眼の構えを突きに変え、ゆっくりと間合いを詰めてきた。
一方の善次郎は動かない。腰も沈めず微動だにしない。

「親分、できれば今回はおまえさん方の始末ということで決着をつけられないか」

中村勘三郎が、小此木善次郎の処遇がどうなるかを案じて願った。

「そやつ、牢屋敷に出入りするような輩か」

「いや、そんな類とは違うぜ、親分。幽霊坂の青柳道場の客分師範でな、美濃の在所から出てきて半年余りの浪人さんよ。おまえさん方がこの始末をつけてくれた折りは、矢部様にも親仁橋のおまえさんにも改めて引き合わせる」

思案するように間を置いた三郎次が、

「金がかかるぜ」

「いいだろう、矢部の旦那に七十両、おまえさんに三十両、都合百両出そうか」

「百両が始末料か、いいだろう」

と親仁橋の三郎次があっさりと請け合った。

ふだん町奉行所の定町廻り同心と御用聞きに百両の始末料なんてあり得ない。三郎次は中村座の頭取とのこの者の関わりを考え、次の機会がありそうだと思った。

「それにしても喜多川左門相手にすごい斬り口だな」

「なに、親分は喜多川なにがしを承知か」

「おお、こやつら三人組、あちらこちらから人相書《にんそうがき》が回ってきていらあ。並みの悪党じゃねえや」

「なんてこった、なら手柄だけで十分だな、百両は高かったな」

「矢部の旦那は大手柄のうえ、七十両の褒美か」

頭取と親分が言い合った。

「頭取、偶にはこんなことがあってもいいじゃねえか。町奉行所の同心なんて安い俸給で御用を務めているんだぜ」

と三郎次が旦那の懐具合まで思案して、

「頭取、幽霊坂の青柳七兵衛様の客分と言ったな」

と話柄を変えた。

「親仁橋の、まさか青柳道場になんぞ文句をつけるわけではあるまいな」

「心配するねえ、おれも矢部の旦那も青柳七兵衛様には頭が上がらねえや。それにおれだって命が惜《お》しいやな。こんどの一件は知らんふりして、顔を拝みに行くだけよ」

「親分の言葉を信じようか。うちでは向後も頼みごとがあると思ってな、大事な付き合いがしたいのよ」

「青柳道場の客分師範、流儀はなんだえ」

「剣術は陰流苗木、抜刀技は夢想流だそうで、美濃の苗木城下では代々このふたつを教えてきたのだ。ところが貧乏藩の下士の俸給が半分になってな、とても一家で食えないってんで江戸に出てこられたのよ。名は小此木善次郎様だ。やくざ者の剣術遣いとは異なる。会えば分かる」

「分かった」

親仁橋の三郎次は使いを立てて北町の定町廻り同心矢部内蔵助を呼び、経緯を話すと、喜多川左門ら三人組の始末を中村勘三郎の前で願った。

「親仁橋の、おれの腕前では喜多川左門を胴斬りにするなんてできないぜ」

「旦那、必死の技で手配者の喜多川を斬ったってことですよ」

「左門を斬った野郎、まさかこやつらと同類ではあるまいな」

「幽霊坂の青柳道場の客分師範だそうですぜ」

「なに、神道流の青柳道場の客分か、どうりでな。一度くらい面を見たいものだ」

「旦那、始末をつけたあと、いっしょに小此木善次郎とかいう遣い手の技を見に行きませんか」

「おお、そうするか」

とふたりが言い合い、中村座の三人組は北町奉行所の矢部内蔵助と親仁橋の三郎次親分の手柄で成敗、捕縛ということで始末がつけられた。

三人組が小屋から出されると、中村座の舞台から平土間に散った喜多川左門の血が丁寧に拭われ、勘三郎自ら祝詞を上げ塩と酒で清めて、一件落着した。

北町の面々が中村座から姿を消したとき、楽屋のひとつに潜んでいた小此木善次郎が改めて頭取部屋に呼ばれた。

「頭取どの、騒ぎのケリはついたのかな」

「へえ、町奉行所の同心と中村座に出入りの御用聞きの手柄として始末をつけさせました」

と勘三郎が手短に始末の経緯を告げた。

「ううーん」

と唸った善次郎が、

「江戸では金子で決着がつくか」

と驚きの表情を見せた。

「美濃の苗木ではかような始末ができませんかえ」

「できぬな。なにより金子をだれも持たんでな、始末などつけられぬわ。それにしても頭取に百両もの大金を使わせてしまったな」

と善次郎が言った。

「おや、舞台での問答が聞こえましたか。喜多川左門が市川團十郎に怪我をさせると脅してわっしに要求した金子が五百両でしたよ。半分の二百五十両で折り合ったとして、その話は必ずや外に漏れます。となると、次々に左門の二番手、三番手が出てきます。そいつを小此木善次郎さんが阻《はば》んだんですよ、それも腕自慢の左門を斃してね」

「それがしが斃したわけではなかろう。町奉行所の同心どのの手柄と聞いたがな」

「いかにもさようでしたな。かような話は虚実こき混ぜて世間に広がります。小此木様がうちと関わりがあると世間に伝わったほうが、うちにとっては都合がよろしいのですよ」

「どういうことかな。それがしの務めはこれにて終わったと思ったがな」

「いえ、終わりの始まりでさあ」

「どういうことかな」

「喜多川左門のような輩の応対は、向後小此木善次郎さんに願いましょう。どうですね」

「それがし、中村座の守護人になれと申すか」

「平ったくいえば用心棒ですがね、嫌ですかえ」

「それがし、神田明神と門前の米問屋越後屋の守護人を務めておる」

「ほう、神田明神と越後屋ね、たしか越後屋は武家方に金子を融通しておりましたな」

頭取の中村勘三郎は物知りだった。

善次郎はただこくりと頷いた。

「神田明神も越後屋もそなたの人柄と剣術の技量を評価しましたか。とは申せ、このご両所とて始終そなたの出番があるわけではございますまい。どうですね、ひとつ、裏稼業を増やすというのは」

善次郎はしばし思案して、

「この一件、神田明神と越後屋に許しを得たほうがよかろうか」

と訊いてみた。

「うちは神田明神とはそれなりの付き合いがございます。小此木さんの対応はどなたがなさっておられますな」

「権宮司の那智羽左衛門様でござる」

「おお、那智権宮司ですか。ならば私から権宮司にはお断りしておきます。越後屋は神田明神の同じ氏子ゆえ、こちらも権宮司にお断りしたとき、挨拶をしておきます」

と言い切った。

「小此木さん、これまで守護人でしたか、給金の話は出ましたかな」

「神田明神と越後屋両者まとめて一年の俸給が三十両、実際にそれがしが騒ぎを取り鎮めた折りは、騒ぎの大きさ次第でなにがしか、支払ってもらうことになっておる」

「なんとまあ、渋い契約ですな」

「とは申せ、わが一家三人、一年の費えは三十両もあれば十分でござってな」

「なんと慎ましい守護人代ですな。よろしい、近々神田明神に参り、那智権宮司と越後屋の主にお会いして、小此木さんの技量をうちもお借りしたい旨、話し合いますでな。それまではっきりとした取り決めは待っていただけますか」

と頭取の勘三郎が言った。

善次郎が頷くと、

「こたびの取り鎮めですがな、小此木さんは好きで喜多川左門を斃したわけではございますまい。剣術は皆目素人の私ですがな、喜多川某か、小此木さんか、どちらかが斃されるしかない真剣勝負とみました」

と言った勘三郎が、

「こたびの騒ぎの始末料です」

袱紗《ふくさ》包みを広げて包金《つつみきん》ふたつ、五十両を見せると善次郎の膝の前に押した。

「なんとなんと」

と応じた善次郎に、

「最前、小指の先ほども嫌な思いをしていない北町奉行の同心と御用聞きに百両渡しましたな。本来ならば、この百両は命を張った小此木善次郎さんに支払うものです。とはいえ、小此木さんが事情を知るようにあのふたりに花を持たせました。こたびはこの半金でお許しくだされ」

「とんでもない。頭取どの、それがしには思いがけない騒ぎでござった。たしかにあの勝負、それがしが身罷っていても不思議はなかった。だが、なりゆきではあったが、武士同士の争い、致し方なき仕儀にござる。それがし、五十両もの大金を頂戴する曰くはござらぬ」

と善次郎は膝の前の五十両を頭取の前に押し返した。

「小此木さん、それはいけませぬ。小此木さんがいなければうちは大変なことになっていました。なぜ百両をあのふたりに渡したか、私にとってあの役人と御用聞きより小此木さんの身が大事なのです。あのふたりがこたびのことでなんぞ要求してくることを避けたくてあの金子を払いました。最前も申しましたが、私たちの関わりは向後も続いていきます。金子を支払うことでこの一件は確実に始末されました。小此木さんに受け取っていただかぬと、今後のお付き合いができかねます」

と勘三郎が言い切った。

善次郎はいまひとつ、頭取中村勘三郎の言葉の意が分からなかった。

「頭取、江戸に流れついて神田川の昌平橋際に一家で佇んだ折り、それがしの懐には三両二分と銭が少々あっただけでござる。それがかように五十両もの大金を頂戴すると、それがしの生き方が変わり申す。それがし、幽霊坂の青柳道場で剣術の稽古をなし、ささやかな江戸暮らしを続けられればそれで十分でござる」

と応じた。

「小此木さん、そなた、金貸しもなす越後屋の裏仕事を手伝ったことはありませぬかな」

「はい、助勢しました」

「その折り、いくら金子を頂戴されましたかな」

「は、はい」

と善次郎は曖昧に返事をした。

「まさか四両や五両ではありますまい。申されませんか」

中村勘三郎の追及は厳しかった。

「とある大身旗本家で六百両の取り立てに立ち会いました」

「ただ立ち会っただけですかな」

「いえ、相手方の用心棒と立ち合いました。じゃが、死に至らしめたわけではござらぬ」

「その折りの礼金はいくらですな」

「その際には、取り立てた金子の五分とか」

「ということは三十両ですな」

「はい」

「その金子を断りましたか」

「いえ、一応断ったのですがやはり拒まれて、大半を越後屋九代目の嘉兵衛様が預かってくれました」

「相分かりました。ならばこちらの始末料も越後屋に預けたそなたの金子に加えてもらいましょうかな。よろしいですな」

と念押しした。

「頭取、それがしが向後、中村座の手伝いをなす場合、かような大金の支払いがあるなしに拘わらず、それがしのやり方に注文はござろうかな」

と善次郎は話柄を変えて質した。

しばし沈黙した頭取が、

「私どもの稼業は人気商いです。舞台の上で何人殺されようと、幕が下りれば殺された役者は立ち上がり、ふだんの暮らしに戻ります。小此木さん、できるならば、真剣を抜き合わぬ対応ができますまいか」

「喜多川左門どのとも、真剣勝負は避けてほしかったと申されますか」

「はい、剣術家として命がかかった勝負には厳しい注文でしょうかな」

善次郎は長いこと沈黙して考え込んだ。

「いや、たしかにこちらは人気商いだ。生き死には虚言のうえのみがよいな。相分かった、向後は真剣ではのうて、なにか得物を考えようか」

善次郎の頭には、神田明神社番所の古びた節だらけの竹棒があった。


翌日のことだ。一口長屋の女衆と子どもたちの日本橋界隈の買い物や中村座での芝居見物が催され、一同が興奮の体で長屋に戻ってきた。佳世も芳之助も善次郎から持たされた小遣いで、芝居小屋で買った土産物《みやげもの》などを抱えて、

「おとっちゃん、ふね、のった。まんじゅう、たべた」

と土産だと言って、小さな酒瓶《さかびん》を善次郎にくれた。

「おお、よかったな」

「おとっちゃん、こんど、いこう」

興奮で眠れないようでいつまでもおしゃべりをしていた。

数日後、小此木善次郎が幽霊坂の青柳道場で朝稽古をしていると、役人らしきふたりが道場に姿を見せた。

北町奉行所の定町廻り同心矢部内蔵助と親仁橋の御用聞き三郎次だ。

善次郎はそ知らぬ顔でひたすら夢想流抜刀技を繰り返していた。ただし、使っているのは愛剣の長谷部國重ではない。骨董屋で見つけた安物の刀だ。國重と刃渡りがほぼ二尺三寸と同じ、手にした折りの均衡《きんこう》具合もよく似ていた。一分二朱で求めた安物の刃を善次郎自ら鑢《やすり》で磨いて丸めていた。これならば、相手を傷つけることはない。いや、中村座の御用のために最初神田明神の番所にあった竹棒を借り受けようと思ったが、番所で竹棒は必要だと断られた。そこで骨董屋で見つけた刀を買い求めていた。

ひたすら抜刀技に没頭していると、両人が道場主の青柳七兵衛に許しを得たか、善次郎の独り稽古の傍らに歩み寄って見物した。

しばし抜刀技を続けていたが、やがて安物の刀を納め、両人を見た。

「なんぞ御用かな」

「夢想流抜刀技、なかなかの技前でござるな」

と矢部内蔵助が善次郎に言った。

「いや、お手前の一撃、見事でござった」

と三郎次も曖昧な誉《ほ》め言葉を繰り返した。

「なんの話であろうか」

「貴殿が喜多川左門に放った胴斬り、見事でござった」

矢部の言葉を聞いた善次郎は無言で相手を凝視した。

長い見合いになった。

三

「胴斬りをなしたのはそなたであったな」

「さようなことは方便」

「なにも承知しておらん」

と善次郎が言い放ち、

「それがしがやったというのなればお試しあれ」

と矢部同心を唆《そそのか》した。

矢部内蔵助の腰には、一本差しの刀の他には脇差ではなく実戦で使う長十手が巻《まき》羽織の下、後ろ帯に差されていた。

善次郎は矢部同心の言動から剣術にそれなりの一家言を持ち、自らも剣術を修行してきているものと想像していた。喜多川左門の傷を見て、その骸を自らが斬ったものとして始末した矢部が善次郎の前に現れたのは、善次郎の技量を実際に、

「見たい」

あるいは、

「知りたい」

との思いがあってのことと推量した。

「そなたと立ち合えと申されるか」

「同心どの、幼いころから修行してきた剣術はどの流派かな。まさか神道流ではござるまいな」

しばし間を置いた矢部が、

「幽霊坂ではござらぬ。八丁堀の道場で幼きころから遊んでまいった。その程度の修行でござる」

「ほう、八丁堀とはそなたら与力同心どのの屋敷があるところと聞いておる。そこに道場がござるか」

「ご存じないか」

「相すまぬ。それがし、未だ江戸の地理すら曖昧でな。町奉行所の関わりの道場

がどのような武道場か知り申さぬ」

「そなたにとってはどちらでもよきことであろう。よい機会かな、小此木善次郎どの、一手ご教授くだされ」

と矢部が好奇心を抑え切れず願い、善次郎の腰に差した一剣を見た。ただし矢部同心も御用聞きも善次郎のそれが丸めた刃とは想像すらしていない。

「教えることなどできるかどうか。それがし、偶さか刀を腰にしておる。どうですな、そなたも一本差しの刀で斬りかかってこられぬか」

「なに、真剣での稽古とな」

と矢部同心は自ら稽古を願ったがまさか本身での稽古を提案されるとはと驚き、躊躇《ちゆうちよ》した。

それはそうであろう。青柳道場で本身での稽古をしているとは夢想もしなかった矢部だった。

「矢部どの、町奉行所所属の同心としては刀を軽々に抜くわけにはまいらぬか」

「青柳道場にも迷惑がかかるでな」

とためらった矢部同心だったが、覚悟を決めたように、

「長十手でお相手致す」

と言った。矢部がそう言った以上、善次郎も真剣から木刀か竹刀に替えると思っての提案だった。

「よろしい、それがしはこの刀でお相手致す」

「な、なに、やはり本身とな」

「とは申せ、それがしが刀を抜くのは最後の最後でござる。矢部どの、それがしを長十手で叩きのめす決意でかかってこられよ。手加減など無用」

「小此木どの、そなた、長十手の相手と戦ったことがござるか」

「いや、経験がござらぬ」

「ならば申し上げる。それがしの長十手、代々わが家に伝わる道具でしてな、長さは刀よりわずかに短き二尺（約六十一センチ）余です。刀より重く頑強です。ゆえに威力は遣い手次第で刀の刃など圧し折りますぞ」

「ほう、長十手相手の稽古をしとうなった」

迷った表情で沈思していた矢部同心が覚悟を決めたように言った。

「貴殿の愛剣は、長谷部國重と聞き及ぶ。傷つけるやもしれぬが、よいかな、小此木どの」

矢部同心はやはり自信があって稽古に応じるのだと、善次郎は確信した。

「むろん本望にござる」

と応じた善次郎は、

「よいかな、お互い手加減なしですぞ」

と念を押した。

「承知」

「お手前、さような考えはないとは存ずるが、万万が一、こちらに憐憫《れんびん》をもよおし手加減しておると判断した場合、それがし、本身を抜いて夢想流抜刀技にて立ち合いますぞ」

とまで言われた矢部が首肯すると、壁際で不安そうな顔でふたりの問答を聞いていた御用聞きの三郎次に視線を移し、無言で町奉行所同心特有の巻羽織を脱いで渡した。

「だ、旦那。こりゃ、稽古なんてもんじゃねえや。生きるか死ぬかの勝負だぜ。今からでも遅くはない。やめませんか。わっしが小此木さんに願いまさあ」

「三郎次、おれにも代々伝わる矢部家の長十手の面目が、いやさ、意地がある。この期に及んでやめられるものか」

「わっしが道場主の青柳七兵衛様に願いまさあ」

「それもならぬ」

と言い切った矢部は覚悟を決めた険しい顔つきで、善次郎が独り夢想流の抜刀技を繰り返していた場に戻った。

「矢部どの、それがしの技量など大したことはござらぬ。存分に叩きのめされよ」

挑発するように言った善次郎に矢部が頷き、

「長十手の一撃、覚悟あれ」

「おお、その意気でござる」

と言い合った両者が間合い半間（約〇・九メートル）で睨み合った。

なんとなく異変を感じたのは青柳道場の門弟衆だ。自分たちの稽古をやめて壁際に下がり、両人の本身と長十手の対決を凝視し、小声で囁き合う者もいた。

「こりゃ、なんだえ。町奉行所同心め、小此木善次郎客分の技量を知らぬのか。それともあの者も剣術自慢か」

「おお、どちらにしろ、どうやら血を見んで決着がつくとは思えんな」

「道場主青柳様は承知のことか」

青柳七兵衛は両人の問答が分からぬながら、客分師範の小此木善次郎になんぞ企てがあるのだろうと思案し、黙視することにした。

矢部内蔵助同心が着流しの後ろ腰から長十手をそろりと抜いて片手に構えた。

(たしかに異様な長さだ)

と善次郎は思った。一分二朱で購った安物の刀など圧し折って不思議はないと考えた。

一方の矢部は善次郎の刀が丸めてあるとは全く考えが及ばなかった。

善次郎は両手をだらりと垂らしたあと、身動きひとつしなかった。

息を吐き、吸いの動作を何回か繰り返した矢部同心が、すすっと動き、片手の長十手を鮮《あざ》やかに伸ばすと、善次郎の肩口を殴りつけた。

道場の緊張の気を引き裂くようで、迅速果敢な早業だった。御用で日ごろ立ち向かう悪たれどもの機先を制するための長十手の攻めの手だった。

「おお、やりおったわ」

と門弟のひとりが思わず漏らした。

長十手が善次郎の肩口に届いたと思えた瞬間、長閑《のどか》にも春風が桜の花を散らすかのように、そろりと善次郎が体の向きを変えていた。そして、だらりと垂らしていた右手が長十手を持つ矢部の右手を下から鮮やかに支えると、くるり、と互いの向きを変えたのだ。

そのせいで善次郎の肩口に叩きつけられていたはずの長十手が狙いを見失い、虚空に彷徨《さまよ》った。

「なんてことだ」

と思わず呟いた矢部の耳に、

「未だ覚悟が足りず」

と善次郎が漏らした言葉が届き、

（おのれ、小癪《こしゃく》な在所者が）

との考えが頭に浮かんだ。そんな怒りとも迷いともつかぬ気持ちを察した善次郎が、

「逡巡《しゅんじゅん》なさるとそれがし、刀を抜きますぞ」

と重ねて忠言した。

矢部は必死で気持ちを平静に戻すと、ふたたび長十手を構え直して攻めた。善次郎の肩口を叩くと見せかけて、無防備の善次郎の胸を素早く突いていた。

渾身の力を込めての突きが、そより、と動く善次郎の傍らの空《くう》を突いた。矢部もこのことを予測して、躱《かわ》された突きから片手殴りに善次郎の横顔を殴りつけて

いた。だが、この変化も手応えがなかった。

(なぜ長十手が届かぬ)

不思議極まりない現象だった。

矢部家にとって刀以上に大事な祖先伝来の長十手は、手に馴染んだ道具だった。

十歳を迎えた正月元日から長十手の扱いを祖父に教わり、祖父が心臓《しんのぞう》の病で急死したその日から父が指導者に代わった。祖父以上に厳しい師だった。日に幾たびも竹棒で殴られ、怪我が絶えなかった。そんな厳しい環境で内蔵助も二尺余の八角の長十手の扱いを叩き込まれた。

ときに刀を構える父を相手に長十手の長所と欠点を学んだ。そして、これまで攻め込んでくる父の刀を何十本も圧し折っていた。

というのも北町奉行所には悪党たちから押収した刀が奉行所内の蔵に数え切れないほど保管されていた。そんな刀を新入り同心時代に上役《うわやく》の許しを得て父は何振りも持ち帰ってきた。それらを次々に内蔵助は叩き折っていた。それだけに刀以上に長十手に愛着があり、威力を承知していた。それがどうしたわけか、空を切らされていた。

(なんてことだ)

もはや矢部内蔵助の頭は混乱していた。

ひょい、と躱されるたびに矢部の長十手がめったやたらに振り回された。もはや矢部同心とて必死だった。一見不動の姿勢の相手に長十手を振り回し、すべて空を切らされる信じられぬ展開にひたすら、

「この次の一撃じゃぞ」

とばかり振るい続けた。

不意に北町奉行所定町廻り同心の面目にかけての攻めが止まった。

「矢部どの、とくと間合いを、わが五体の動きを見なされ」

と善次郎が忠言し、

「そ、そなた、手妻を使うか」

「手妻のう。こちらは素手ゆえ手妻と思われても致し方なきか。ならばこうしようか」

善次郎が前帯に差した白扇を抜いて矢部の長十手と構え合った。

閉じられた白扇と長十手の切っ先の間には六、七寸（約二十センチ）しかない。

改めて両人が見合った。

矢部同心は弾《はず》む息を無意識に静めようとした。

一方、善次郎の呼吸は平静だった。ゆえに相手の呼吸が静まるまで待った。しばし見つめ合いが続き、矢部の呼吸が落ち着いた折り、

「参られよ」

と善次郎が改めて命じた。

その声を聞いた矢部は直ぐに攻めには移らなかった。息を吸い、吐いて間を稼いだ。そして、片手正眼に構えた長十手をゆっくりと立てていった。正眼から上段に移り、長十手を顔の前に構えた矢部内蔵助がすっと踏み込むのと、善次郎が閉じた白扇を開いて己の顔の前に放ったのが同時だった。

矢部は善次郎の顔を隠すように開かれた扇子を、いや、その向こうの顔を叩き割るように長十手を振り下ろした。

「やった」

と御用聞きの三郎次が思わず歓喜の声を漏らした。

が、三郎次が見ていない行いが扇子《せんす》の向こうで行われていた。

(おお、これは)

青柳七兵衛は、不動だった善次郎の腰がその場でわずかに沈むと同時に、扇子

を放った左手が腰の刀の鯉口《こいぐち》にかかり、右手が腹前に下りたか下りぬか、二尺三寸五分の長谷部國重が光になって奔《はし》り、長十手を振るって白扇を叩き破った矢部内蔵助の胴を斬ったのを見た。

さすがの七兵衛も、

(なんてことを)

と善次郎の蛮行《ばんこう》を呪《のろ》った。

「ううっ」

と胴斬りされたかに見えた矢部が抑えた声を漏らした。

矢部に断ち割られた白扇が道場の床に落ちた。

その瞬間、矢部は己が小此木善次郎の夢想流抜刀技に深々と斬られたはずの腹部を見た。

刃は矢部の腹前に止まっていた。

矢部内蔵助が、

「そ、それがし、し、死に申すか」

と質した。

「わが刀では、矢部どのの五体は斬れんな」

「な、なんと、小此木どのの刀で斬れんとはどういうことでござるか」

「道場で本身を振り回すのはどうかと思いましてな。長谷部國重に似た安物の刀を購い、刃を鑢にて」

「刃引《はび》きしましたか」

と言った矢部同心が、

「ふうっ」

と息をひとつ吐いた。

「よかった。三十俵二人扶持ながら、もう少し生きとうござる」

正直な言葉を聞いたとき、善次郎は矢部内蔵助には、なにか別の用件があって、道場を訪れたのでないかと思った。だが、確信はまるでなかった。そんな思いつきが脳裏を一瞬過って消えた。

「そなたには長十手の技芸を後世に伝える使命がございましょう。なかなかの技前でした」

「小此木どの、それがし、勘違いも甚《はなは》だしゅうござった。夢想流抜刀技のすごみを知らずして立ち合いを願い、愚かにも恥を掻き申した」

と矢部が潔《いさぎよ》く実力の違いを認めた。

「ご両人、すごいものを見せていただいた。戦国の世から二百年を過ぎてもかような技を伝える人士がいるとは、幽霊坂の青柳道場筆頭師範財津惣右衛門、魂消申した」

と青柳道場の大番頭たる筆頭師範が言い、

「ご両人の得物をわが手に取って拝見させてくだされ」

と願った。

すると大勢の門弟衆が三人の周りに集まってきた。

「師範、矢部どのの祖先伝来の長十手は十分に鑑賞に値する見事な道具でござろう。それがしの刃引きした刀、古道具屋でな。一両二分だかで売っていたのを一分二朱にて購ったものでござる。もうすこし高値の刀を購えばようござったな」

「なんと客分の稽古刀は一分二朱ですか」

「財津師範のお眼鏡に適《かな》いますかな」

「ううーん、刃引きした一分二朱の刀ではな」

と財津が唸り、その場にいた全員が大笑いした。

(やはり小此木どのは並みの剣客ではないわ)

道場主の青柳七兵衛は笑いに紛らせて、相手の面目までも気遣う小此木善次郎の余裕に感嘆した。

この光景を見所から大身旗本と思しき人物が見ていた。

四

幽霊坂の道場を出た三人は昌平橋を渡り、神田明神下の町屋に入った。三人とは北町奉行所定町廻り同心の矢部内蔵助、親仁橋の御用聞き三郎次と小此木善次郎だ。北町奉行所は非番月とか、同道《どうどう》してきた小者《こもの》や手下は先に帰していた。

道場を出た善次郎を幽霊坂の下、八辻原でふたりが待っていた。

(やはりなにか用件があるのか)

と善次郎は思った。

頷き合った三人は無言で昌平橋を渡った。

善次郎はふたりを佳世から教えられていっしょに入ったことのある御台所町《おだいどころまち》の甘味屋に連れていった。

「酒を飲むにはいささか刻限が早かろう。牡丹餅《ぼたもち》が名物でな、こちらでよいかな」

と善次郎が店に入る前に矢部同心に伺った。

「最前、冷や汗を掻きましたでな、牡丹餅大いに結構」

と矢部同心が淡々と応じ、

「ほう、小此木様はかような店に入られますか」

と三郎次が善次郎に関心を示したように見た。

「妻女に連れてこられたのです」

と応じた善次郎はふたりを店内へ誘った。

黄八丈《きはちじょう》のお仕着せを着た女衆が出てきて、

「おや、本日は佳世様はいっしょではございませんか」

「おお、それがしの剣術仲間をお誘いした」

と善次郎が答えると年増の女衆は、三人を小さな中庭に案内した。

善次郎らを名物の甘味が狙いではなく内輪の話があるものと察したのだ。矢部内蔵助は町奉行所同心のなりだ、直ぐに身分を察したのだろう。

「茶と牡丹餅を願おう」

「茶だけでもようございますよ」

「いや、こちらの牡丹餅がいたく気に入ってな」

「ありがとうございます」

と女衆が注文を通しに奥へと行った。

善次郎は矢部同心と御用聞きの三郎次を交互に見た。

「剣術も鋭いが勘もなかなかですな、小此木どの」

「なんとのう話があるように思えた。それがし、町奉行所の役人どのにつけ回されるほどの悪さをなしたかな」

善次郎はこの数日、何者かに尾行されている気がしていた。ただしその尾行者がこのふたりとの確証は持ち得ていなかった。

「過日の一件はすでに決着しております」

と喜多川左門の件ではないと矢部同心が言い、

「小此木どの、そなたら一家、この界隈の一口長屋に住まわれているとか。美濃の在所から江戸に出てこられて神田明神下とは、だれぞ知り合いがおられたか」

と問うた。

どうやらここからが本論らしい、と善次郎は察した。

「いえ、われら、江戸府内に入り、どこをどう歩いたか、最前渡った昌平橋近くの武家地に紛れ込んでおるところに、偶さかわれら一家を認めたお方が声をかけてくだされたのだ。その御仁が一口長屋の差配にございましてな、そんな縁で幸運にも一口長屋の住人になり申した。それがなにか」

「いえね、神田明神下の一口長屋は、長屋と称しておるが江戸の裏長屋とはいささか風情が異なりますな。小此木どのは運をお持ちのようだ」

と矢部同心が言った。

「われら風情が住める長屋でないことは重々承知でござる。しかし、それがなにか町奉行所に差し障りがあろうか」

と反問するところに最前の女衆と小女のふたりが茶菓を運んできて話がしばし中断した。

「ほう、これが小此木どの推奨《すいしょう》の牡丹餅にござるか。さすがに神田明神下の甘味屋、小粋《こいき》な大きさでござるな」

と言った矢部同心が手でつまんで口に入れ、しばし味わっていたが、

「これは美味い。ただ甘いだけではないわ、なんともいえぬ風味かな」

と褒めた。

善次郎は茶を喫したあと、牡丹餅を食した。御用聞きの三郎次だけが牡丹餅に手をつけず、

「旦那」

と矢部の前に牡丹餅を載せた皿を押しつけた。

「小此木様、わっし、どのような甘味も苦手でしてな、その代わり旦那がわっしの分も食してくれるんでさあ」

との言葉が終わるか終わらないうちに矢部内蔵助がふたつめの牡丹餅に手を伸ばしていた。

「ご両人して一口長屋に関心がございますかな」

と善次郎が重ねて質すと三郎次が茶碗を手に、

「最前、小此木様のお住まいの一口長屋を見てまいりました。わっしが住まいする親仁橋界隈にはあのような長屋はございませんな。いやはや、どうしてあのような贅沢な地形にしてあの広さの敷地にひと棟だけ長屋があるか、なんとも贅沢の極みですな。たな賃は高《たこ》うございますかえ」

「それがしが在所から出てきたばかりと承知であろう。さような一家が払える程度のたな賃でな」

「一年も住まいせぬ小此木様が、なんとあの長屋の守護人じゃそうな」

「そなたら、なんでも承知ではないか。われら一家と一口長屋は縁があったということであろうよ」

やはり数日前から感じていた尾行者はこのふたりか、と善次郎は思った。

「そいつはたしかのようだ」

と三郎次が応え、ようやくふたつめの牡丹餅を食し終えた矢部同心が、茶を口に含むと甘味を喉に流すように、ガラガラと音をさせて飲み込んだ。そして、うんうんとなにか得心するように頷き、

「たしかによき住まいでござる。神田明神門前で金貸しを裏稼業に営《いとな》む米問屋越後屋の持ちものじゃそうな」

と念押しした。

両人が善次郎に関心を寄せているのか、あるいは一口長屋に興味があるのか、善次郎にはさっぱり推量がつかなかった。

「小此木どの、最前、一口長屋に住み始めたきっかけは、差配の義助に偶さか声をかけられたことと申されたが事実かな、それとも美濃国苗木城下を出られた折りから、一口長屋を目指してこられたか、どちらが事実ですかな」

善次郎は思いがけぬ問いかけをされ矢部同心を見つめた。

「それほどあの一口長屋は三百諸国に知られておるのでござろうか。それがしが

最前述べたことに偽《いつわ》りはござらぬ。一口長屋との出会いは、そなたらも承知の差配、義助どのに声をかけられたのがきっかけにござる。その折り、あの長屋がどんなところかも知らず、案内されて驚いたのは事実であった。われらごときが住める長屋ではないと直感し申した」

と善次郎が、美濃にあるときから承知などしていないと告げた。

「さようか、江戸に出てこられて偶さか知ったことに間違いはないな」

とさらに念押しした。

「矢部どの、二言はござらぬ」

と応じた善次郎は残っていた茶を喫して、

「ただしわれら一家、一口長屋に住まいして、それまでの暮らしとは違うことになったと気づかされた」

「どういうことかな」

「それがしの家が代々奉公してきた苗木城下は一万二十一石の貧乏大名、代々下士身分の小此木家は城下にあっても最低の暮らしでござった。三度の白いめしが食べられる日は年に何回かあるかなしかでな。ところが江戸に出て一口長屋に住み始めた途端、仕事が次々に見つかり、ときにわれらにとって大金を稼ぐ機会にも恵まれた。神田明神のご利益か、一口長屋に格別な運があるのか、そんな感じでござる」

といったん言葉を切った善次郎は、

「北町奉行所定町廻り同心矢部内蔵助どの、それがしの疑問に答えられよ。幽霊坂の青柳道場に本日立ち寄られたにはなにか用件があったのではないのかな」

と質した。

「うーん、最前からのそなたの言葉は真っ正直に述べられたものであろう。それがし、信用しておる。江戸の総鎮守神田明神のご利益があり小此木一家に恩恵を齎したと考えたいが、そなたが申されるような暮らしの変化は、さようなご利益だけで起きたのではなかろうと思うてな」

「どう考えればよいのですかな、矢部どの」

甘味屋の中庭に桜の花びらが風に散って、武骨な男たち三人の衣服を染めた。

「そなたが正直に話されたと信じて、それがしとこの三郎次が関わった四年前の騒ぎを告げようか」

と矢部が言葉を切り、沈黙した。長い思案に思えた。そして、ようやく切り出した。

「三郎次、文政六年（一八二三）であったかのう」

「へい、ちょうど春先、かような桜の季節にございましたな。日本橋からさほど遠くない十軒店《じっけんだな》本石町の京呉服四條屋佐吉《しじょうやさきち》の店に押し込み強盗が入り、主の身内と奉公人の八人が惨殺《ざんさつ》された大騒ぎが起こりましたので。小此木様、この界隈はお分かりですかえ」

「日本橋なら承知しておる。なれど京呉服四條屋なる店もその界隈も見当がつかぬ」

「で、ございましょうね。小此木様は江戸に住まいして一年も経たねえや」

と三郎次は得心した。

「わっしの縄張り内といえば口幅《くちはば》ったいが、四條屋佐吉の店はわっしの爺様の代から出入りの店でしてね、通いの番頭がその朝、店に出て住まいじゅうが血に染まっているのを見て腰を抜かし、わっしの家に駆け込んできましたんで。それで手下の野郎を八丁堀に走らせ、矢部の旦那に注進した。わっしはひと足先に四條屋の殺しの場に入りました」

「なんと八人殺しか、在所育ちのそれがしには想像もつかぬ」

「それがね、八人殺しではなかったんで。外蔵の中にもうひとり殺されておりました。めし炊きとして一年前に雇われていた、名は松五郎《まつごろう》って野郎でね、こいつが四條屋の引き込みだと、わっしは直感して、こやつの骸を徹底的に調べましたんで。するとね、角帯の中に妙な書付を隠してやがった。どうやら松五郎は、四條屋の次に狙う分限者や大店の名を列記しておりましたんでさ」

押し込み強盗と一口長屋がどうつながるか、善次郎には見当もつかなかった。

「もう少し辛抱してくだせえ」

と三郎次が言った。

「わっしが松五郎の持ちものを調べていると、矢部の旦那が飛び込んでこられた。旦那にもわっしにも大事な出入りのお店の悲劇だ。阿吽《あうん》の呼吸で松五郎の持ちものの中で怪しいと思われるものは、わっしらは奉行所にも告げずに隠すことにしたんでさ。なんとしても押し込み強盗一味をふたりでお縄にしたかったんでね」

「親分、松五郎なるめし炊きの所持品の中に、それがしの名があったなんて言うまいな」

「小此木さんさ、四年前は未だ美濃の苗木藩の下士だったよな。そんな折り、押し込み強盗がおまえさんに接触してきたかえ」

「覚えはないな」

「だろうね。おまえさんじゃねえ、松五郎の書付の中に幾たびか一口長屋の名が現れるのよ。それでよ、北町奉行所の探索に加わりながら、わっしと矢部の旦那は、大店でもねえ一口長屋がなぜ引き込みの松五郎の関心を呼んだか調べてきた。だが、今ひとつ分からねえ。

今から一年半前かね、大坂《おおさか》奉行所が大手柄を立てやがった。押し込み強盗の百里走《ひやくりばし》りの染五郎《そめごろう》一味が取っ捕まったんでさ。剣術家三人を含む五人組だ。押し込みの現場に大坂奉行所の面々が踏み込み、斬り合いになってよ、行灯《あんどん》の灯りを蹴倒したせいで火事になっちまった。この大捕物で頭領の百里走りの染五郎ら四人が殺され、副頭領の活《い》けずの権太郎《ごんたろう》は現場から逃げたが、数か月後に京でひとり働きをした折りにへまをしたか、取っ捕まった。だがよ、大けがをしていて三日後には身罷ったのさ。小此木さん、おめえさんにも推量がつこう。こやつら、百里走りの染五郎一味が江戸の京呉服四條屋佐吉方の殺しを働いたのよ」

善次郎はひたすら黙したまま聞くしか手はない。

「小此木さん、活けずの権太郎が塒《ねぐら》にしていた貧乏寺によ、権太郎の持ちものが残されていた。その中からな、江戸の四條屋の蔵の中で殺されていた松五郎からの文が三通出てきたそうな。副頭領の活けずの権太郎と引き込みの松五郎は、どうやら百里走りの染五郎には内緒で密かな付き合いがあったようだ。この文が江戸の北町奉行所に送られてきたのさ」

三郎次が話を止めた。

「そこにも一口長屋の名が認められてあったか」

「引き込みの松五郎の筆跡《て》はひでえものでしてね。北町ではだれも判読できなかったのさ。だが、矢部の旦那とわっしふたりは『いもあらいながや』と書かれた字を推測できたってわけさ」

「引き込みの松五郎を殺したのは百里走りの染五郎一味というわけだな」

と善次郎が念押しした。

「まず間違いなかろう。おそらく頭領の染五郎は、副頭領の活けずの権太郎と松五郎のふたりがつるんで、なにかを画策していたことを承知していたのでなかろうか。今となっては推量しかできぬ。松五郎はむろんのこと、百里走り一味に殺され、染五郎頭領も大坂の現場で始末されているし、活けずの権太郎もすでにこの世の者ではないでな」

と矢部同心が言った。

「さあて、そうなると残された謎は、なぜ引き込みの松五郎と活けずの権太郎が頭領の染五郎に黙って一口長屋のことを調べていたかだ。あの長屋にどのような曰くが隠されておるかの一点だな」

と善次郎が矢部同心と御用聞きの三郎次を見た。

「そういうことだ。だが、松五郎が隠し持っていた書付と大坂から送られてきた文にそれがしが拘《こだわ》ることを、北町奉行榊原忠之《さかきばらただゆき》様の内与力白浜歳三《うちよりきしらはまとしぞう》様が気にしておられるでな、これ以上、北町奉行所の一員として勝手な行動はできんのだ」

「どういうことですな。内与力の白浜様も、そなたらが気にかけてきた一口長屋を同様に気にかけていると思われるか」

善次郎の問いに、三郎次が矢部を見た。

「さあてそこがな」

と言う矢部に三郎次が、

「矢部の旦那、小此木さんに頼みごとをするならばやはり正直に打ち明けたほうがようございますぜ。内与力白浜様の意を承知なのは矢部様だけですからね」

どうやらこの一件を承知なのは北町奉行所定町廻り同心の矢部内蔵助ひとりのようで、御用聞きの三郎次は詳しくは聞かされていないと察せられた。

「ううーん」

と矢部が唸った。

「それがしが呼ばれたのは内与力の御用部屋だ。まず一同心が奥へ呼ばれることなど滅多にない」

と前置きした。


「矢部内蔵助、そのほう、定町廻り同心を辞したいか」

「はあっ、それがし、一代限りの三十俵二人扶持、定町廻り同心ですが忠義の奉公を務めてきました。愛着がございます」

と言い切った矢部を白浜蔵三が無言で睨んだ。

「それがしに失態がございますか」

矢部は定町廻り同心五人の中でも先任同心、それなりの働きをしてきたと自負していた。

「そのほう、なんぞ町奉行所の御用以外に探索しておらぬか」

「はあっ」

矢部は考えるふりをした。あるとしたら一口長屋の一件しかない。だが、神田明神門前の米問屋越後屋の長屋に北町奉行所の内与力が関わりあるとも思えない。

「覚えないか」

「ございません。白浜様、お教えくだされ」

「それがしがご注進せば、北町奉行所の同心矢部家は取り潰しに相なる。覚悟せよ。この一件、お奉行榊原主計頭《かずえのかみ》忠之様からそれがしに下りてきたものだ」

矢部は、白浜内与力が榊原主計頭忠之と告げたとき、なんであれ逃れることはできないと思った。矢部内蔵助は、

「白浜様、思い出してございます」

「なにを思い出したな」

「ははあ、神田明神下の一口長屋の一件かと思いまする」

と畳に額を擦りつけた。

第五章　謎の謎

一

数日後のことだ。

矢部内蔵助が一口長屋の小此木善次郎の住まいを親仁橋の三郎次と訪ねてきた。佳世は芳之助を伴い、差配義助の女房吉らと買い物に出て、長屋には善次郎ひとりしかいなかった。

善次郎はふたりを長屋に入れたくはなかった。そこで江戸を見晴らす長屋の敷地の一角にふたりを連れていった。

「なんぞ進展がござったか」

と善次郎が両人に質した。

矢部が善次郎を見た。

「小此木善次郎どのは一口長屋に住まいしておられる。そのうえ、神田明神社と一口長屋の持ち主でもある米問屋越後屋嘉兵衛の両者の守護人だ」

先刻承知のことを告げた。

「いかにもさよう」

数日前、かようなことについては矢部が問い、善次郎もそう答えていた。

「それがしになにかを命じておられますか」

「そなたもすでに承知ではないか。一口長屋にはいろいろと噂話がつきまとっておることをな」

「ほう、さような噂話がございますか」

と言った善次郎だが、一口長屋に住んだ折りから、ただならぬ謎めいた雰囲気を察していた。

また嘉兵衛に「一口長屋の謎を解いてほしい」と願われたのは昨年末のことだった。そのことを矢部は告げているのではないか、と善次郎は推量した。

「嫌かな」

と矢部が質した。

今さら断る理由もない。それより引き込み方で始末された松五郎の書付と文を解読して謎を解くことに興味があった。だが、思案するふりをした。

「われらふたり、一口長屋の謎めいた雰囲気に気づいたのは四年前のことだ。三郎次と話し合い、長屋の住人にも知られぬようにしてきた」

この両人は松五郎の書付に一口長屋の記述を見つけた四年も前からこの長屋に強い関心を持っていた。

「いつのころからか、われら、何者かにつきまとわれるようになった。だが、決してこの者はわれらの前に姿を見せなかった。それでも、いや、そのせいか町奉行所同心のそれがしに不気味さを感じさせた。われらは用心に用心を重ねて行動してまいった」

八丁堀の屋敷や親仁橋の三郎次の住まいにも、家人のだれもが気づかないうちに神田明神の御札に一口長屋の探索から手を引け、と脅し文が書かれていた。当然、家人に質してみたが、だれひとりとしてかような悪戯《いたずら》をした覚えはないと言うし、家に入り込んだ者を見た者はいなかった。そこで三郎次と話し合い、この一件、われらの力を超えているという考えで一致した。北町奉行所の定町廻り同心としては、なんとも情けない仕儀だが、もはやわれらの手には負えぬ。本筋の御用に差し障りも出ておる」

と言った矢部はしばし間を置いた。

こちらの反応を窺《うかが》っていると善次郎は察した。

「この陰にいる者の探索をなす者がいるとしたら、一口長屋の住人にして神田明神と越後屋の守護人の小此木善次郎どのしかおらぬと、われらふたりの考えは一致した。われらに気配だけ見せて姿を見せなかった人物がそなたの前に現れるのが先か、書付と文の謎をそなたが解読するのが先か」

と矢部同心が言い添え、

「われら両人が恐れた陰の人物に太刀打ちできるのは、陰流苗木と夢想流抜刀技の達人小此木善次郎どの、そなたしかおらぬ。なぜならば、われらふたりへの悪戯が急激に激しさを増したのは小此木一家が一口長屋に住み始めた時節と一致いたすからだ」

と言い切った。

「いささか性急な推量ではないか」

「であろうか。小此木どの、そなた、われらが怯えた陰の者の存在を感じたことはないか」

一口長屋に隠された秘密があると知っていたが、陰の者の存在をはっきりと感じたことはない。ないとはっきり否定することもあると断定することも、ただ今の善次郎にはできなかった。

そんな善次郎の迷いの表情を見ていた矢部が、

「われらには向後を託す人物としてそなたしか思いつかなかったのだ」

と同じ言葉を繰り返した。その顔には苦渋《くじゅう》と不安が漂っていた。

善次郎が初めて見る矢部の表情だった。

「早晩われらが感じた、陰の者の齎す漠《ばく》たる気配というか、いや不安と呼ぶべきか、小此木善次郎どの、そなた一家にもそれが見舞うことは十分考えられる。だがな、われらふたりとそなたとの違いは、われらは一口長屋に関わりはない。だが、小此木一家はすでに一口長屋の住人であるということだ。さらには、神田明神社と米問屋、一口長屋の大家の越後屋の守護人でござろう。このことをそなた、どう思われるか」

善次郎は沈思した。矢部の説明を聞くだに、この一件からもはや逃れられないのではないかと察せられた。

「そなたら、一口長屋の謎を解く試みから手を引かれるのだな」

「いかにもさよう」

「となると、そなたらふたりが、もはや一口長屋に関心を持たぬという明確な証しを陰の人物に知らしめなければなるまいな。そうしなければ、容易く相手がつけ狙うことをやめるとは思えぬ」

矢部が黙り込んだ。

三郎次も矢部同様に無言だ。

ふたりには善次郎に隠した企てがあるようにも思えた。いや、そのことを口にするのを恐れているように思えた。

致し方なく善次郎が話柄を変えた。

「書付と文、ご両人のどちらがお持ちかな」

「われら、すでに手放した」

「手放したと申されるか。だれに渡されたな」

しばし沈黙があって、

「小此木様、申し訳ねえ。ご一家がいない折りに一口長屋を訪ねて、おめえさんの住まいの荒神棚《こうじんだな》にわっしが入れてきましたんで。というわけで、一口長屋の小此木様方に書付と文は届けてありますのさ」

と親仁橋の御用聞きが居直るように告げた。

(なんということを)

善次郎は無人の長屋を振り返った。なんと矢部同心と三郎次は、陰の者に、

(われらはかように手を引いた。そなたの相手は神田明神と米問屋越後屋の守護人を務める小此木善次郎)

とこの行いを通じて告げたことになる。

「ご両人、われら一家にそなたらが感じた恐怖と不安がつきまとうことになるか」

「小此木どの、真に相すまぬ。むろん、榊原北町奉行の内与力どのの忠告もあって、われらふたりどうにも抗えんのだ」

と矢部内蔵助が言い、三郎次といっしょに頭を下げた。

善次郎は沈思した。だが、もはや断れぬと思った。一口長屋の住人としてこの陰の人物と対決するしかないと思った。

もはや、

「承った」

と返答するしかなかった。

無言がこの場を支配した。

口を開いたのは矢部だった。

「小此木どの、勝手な願いじゃが、そなたが謎を解かれた折り、われらに密かに教えてくれぬか」

と乞うたのだ。

「そなたら、それがしに未だ隠しごとがあるようだな。何を企てておられる」

「いや、さような考えはない、ござらぬ。それがしがこの一件から手を引かざるを得なくなったのは、そなたも得心してくれたようだな。ただ今それがしが願ったのは好奇心から、それ以外ない。なにが一口長屋の秘密か、知りたいだけなのだ」

「矢部どの、手を引かれるならば完全に引かれよ。でなければそれがし、この一件に関わることはできぬ」

と善次郎は厳しい口調で告げた。

矢部は即答できなかった。

「ご両人、この謎解き、容易くはなかろう。もしも謎の答えに迫ったとしたらそれがし、命を失うことも考えられる。そなたらの代わりにな」

矢部同心と三郎次が不意を突かれたように息を呑み、しばし沈黙したあと、

「安直な頼みを口にしてしまった。それがしと三郎次、この一件から完全に身を引き申す。もはや二言はござらぬ」

と矢部が言い切った。

善次郎はなんとなくだが、

(矢部同心は陰の人物を察しているのではないか)

と思案していた。

「ひとつだけ、小此木どのに伝えておきたい。そなたの妻女と嫡子に陰の人物の手が伸びぬように手配はした」

やはり矢部は陰の人物を承知だと思った。

「陰の御仁が承知することを強く願う」

「小此木どの、それがしのできる唯一のことでござる」

と矢部同心が陰の者についてそれ以上口にすることなく言い切った。

ふたりを見送りがてら、一口長屋の木戸口に立った。

不意に矢部内蔵助が善次郎を振り向いて、

「小此木どの、なんとも一口長屋は素晴らしい敷地であり、建物でござるな。他

の長屋では、人が長屋を選ぶものだ。だが、こちらの一口長屋は、住む人を長屋が選んでござる」

と言い切った。

「と思われぬか」

「さようなことまで考えはしなかった。われらはこの一口長屋に選ばれたと申すか」

「いかにもさよう。この縁、大切になされよ」

と言い残した矢部内蔵助と三郎次が坂下へと下りていった。

(選ばれたことは良きことか悪しきことか)

漠然と考えていると、背後に人の気配を感じた。

「町奉行所の定町廻りのなりだな。もうひとりもこの界隈では見かけねえ十手持ち」

と義助の声だった。

「同心どのは北町奉行所定町廻り同心矢部内蔵助、御用聞きは親仁橋の三郎次だ」

「なんだえ、妙な世辞を言い残さなかったか。一口長屋は住む人を選ぶとかなんとかよ。長屋が大家や差配の真似をするってか」

「どうやら、そのようだな。義助どの、そなた、親仁橋の三郎次親分は初めてかな」

「以前に見かけたような見かけないような面だな。親仁橋が縄張りならば、なぜ神田明神門前に姿を見せる」

「それがしに訊くでない。あの者に訊け」

「なんの用事だえ」

「この一口長屋に関心を持っておるそうな。だが、それがしがそなたの代わりに向後出入りするでない、と命じたで姿は見せまい」

といささか虚言を弄して義助に伝えた。

「十手持ちの連中の言葉なんぞ当てになるかえ」

「それがしにはなんの用もないでな」

「あちらには用があるってよ」

と善次郎の言葉に抗った義助が、

「長屋が住む者を選ぶわけもないや。大家と差配のわっしが選ぶんだよ」

と呟く声を背に善次郎は自分の長屋に戻った。

竈《かまど》の上に荒神棚があった。

小此木一家が住む前からこの荒神棚はあった。一家が住み始めて差配の女房の吉に教えられた佳世は、毎月の末日、松の小枝や鶏《とり》の絵馬を供して、荒神に捧げていた。手入れのされた荒神棚の上に文と書付が忍ばされていた。

善次郎がふたつを手に取ったとき、木戸口で芳之助の、

「おとっちゃん」

と叫ぶ声がした。

住人の娘たち、おみのとかずのふたりにならって、どうやら父親を呼ぶ言葉を真似ているらしい。

善次郎は、

「それがし、一応武士の心算じゃが、芳之助にはお父《とっ》ちゃんでしかないか」

と独り言を漏らしながら文と書付を懐にしまい込んだ。

「ただ今戻りました」

佳世が長屋の腰高障子を開けて姿を見せた。するとよちよち歩きの芳之助が、

「おとっちゃん、かえったぞ」

と言った。

「これ、芳之助、父ちゃんではありません。父上、とお呼びなされ」

「どうして」

「芳之助、よく聞きなされ。父上は刀を差した武士です。武士と職人衆では呼び方が違います。よいですか、ちちうえ、父上と呼びなされ」

「ちち」

「ちち、ではございません。父上です」

佳世と芳之助の問答を聞いた善次郎が、

「佳世、芳之助に物事の判断がつくまで言葉遣いは待とうではないか。そうだな、芳之助が五、六歳になった折り、剣術の稽古を始める。その折りに言葉遣いも教えようではないか」

「それでようございましょうか、遅くはありませぬか」

「遅い早いうんぬんより、芳之助にとって姉代わりのかずやおみのらと仲良く暮らすのが大事であろう」

と言い切り、

「なんぞ今宵の夕餉に買い物をして参ったか」

と尋ねた。

「鶏肉が手に入りましたゆえ、苗木の婆様《ばば》が人参や大根といっしょに調理してい た煮物をしようと思います。鶏肉の骨は職人に丁寧に取らせましたので、芳之助でも食せましょう」

「おお、佳世の婆様はなかなかの料理人であったな。楽しみじゃぞ」

と応じたとき、

「こちらは小此木様のお屋敷にございますか」

と若い声がした。

「おお、九尺二間の広さの長屋をお屋敷と呼ぶならば、当家が小此木善次郎の屋敷じゃぞ。腰高障子を開けなされ」

すると、

「失礼します」

と言いながら青柳道場の若い門弟の安生彦九郎が障子戸を開けて狭い土間に入ってきた。

「安生どの、なんぞ急用かな」

「いえ、先生より、包みを預かってまいりました」

「ほう、なんであろう」

「過日の具足開きの折りの謝礼だそうです。先生が申されるには小此木様の指導のおかげで、うちが面目を保つことができたとお喜びでございました。その礼金として、いささか少ないが三両と申されました」

「それはまたご丁寧に、さような気遣いなど要らぬのにな、それがし、客分として月々俸給を頂戴しておる」

「青柳先生は、きっと小此木客分は、俸給を頂戴しているゆえ無用と申されるであろう、しかしそれはそれ、これはこれと申されました。ええ、われら対抗戦に選ばれた五人のところからそれぞれ、道場にそれなりの金子が届けられています。この三両はそのほんの一部です」

大身旗本の三男坊の彦九郎は大らかな育ちとみえて、なんでも正直に話した。

「明日、それがしが先生にお礼を申し上げようか。それより真の御屋敷育ちの彦九郎どのは、九尺二間の長屋など知るまいな。どうだ、上がってみぬか」

「小此木様、こちらに参った一番の理由はこのお長屋見物です。それがし、前々から一口長屋を見とうございました。本日先生が礼金の話をされているのを漏れ聞いて、『それがしが遣いに参ります』と先生にお願い申しました。うちの屋敷にも長屋がありますが、かような風情のある長屋ではありません、ただ武骨なだけです」

「武家屋敷と一口長屋では比べものにもなるまい。一口長屋のよきところはこの敷地からの眺めじゃぞ。うちに上がる前にそちらを見てみるか」

と促して、善次郎は庭に彦九郎を案内した。

二

翌未明、善次郎は愛刀相模国鎌倉住長谷部國重を腰に差し、夢想流抜刀技の稽古に没頭していた。

薄い闇が神田明神界隈を覆っていた。

老銀杏《いちょう》の枝に小さな蠟燭を入れた提灯を吊るしていた。

この光明が刃渡り二尺三寸五分の動きを善次郎に感じさせた。鞘に納めた國重を無言裡に抜き、虚空に放つ。百たび抜いて百たび同じ軌跡を描く。善次郎の右腕と一体となった刃が虚空を切り裂く。寸毫のずれもなき抜刀だ。

無念無想で繰り返す抜刀技を一口長屋の木戸口から眺めている者がいた。

むろん善次郎は、毎未明繰り返す抜刀技を見ている者がいることを承知していたが、何者か気づかなかった。ともあれ見物人がいるなんて滅多にあることではなかった。

善次郎は稽古を止めようとはしなかった。

東の空が白んでいく。

もはや提灯の灯りは無用だった。

善次郎は動きを止めた。

朝の光を感じた國重は鞘に納まっていた。

蠟燭は燃え尽きようとしていた。

善次郎は吹き消して木戸口を見た。

「そなたか」

と質した。

親仁橋の御用聞き三郎次はなにも応じない。それなりの間、善次郎の抜刀技を見ていた三郎次が迷いを顔に残したまま、ゆっくりと一口長屋の木戸を潜って老いた銀杏の木の下に立つ善次郎のもとへ歩み寄ってきた。

互いに無言で見合った。

善次郎は御用聞きの表情に悲哀《ひあい》が漂っているのを悟った。

「なにか起こったか」

（……）

不意に哀《かな》しみの顔が歪《ゆが》んだ。

「旦那が、矢部内蔵助様が死になさった」

と三郎次が呻《うめ》くような声で告げた。

「なに、矢部どのが身罷ったと申すか」

驚きの善次郎に首肯した三郎次が、

「うちと矢部家とは三代前からの付き合いでした。主従というよりわっしは身内と思うておりました」

「突然のことじゃのう。矢部内蔵助どのはどのような死に方をされたな」

「殺されたんでさ」

「待て、待たれよ。矢部どのはそれなりの剣術遣い、十手遣いじゃぞ」

「へえ、それが殺されたんでさあ」

「そなた、それがしが殺したと思い、調べに参ったか」

三郎次は答えなかった。

「いつのことだ」

「八丁堀の堀割の水面に胴を斬られた旦那の骸を見つけたのは一刻半（三時間）ほど前のことでさあ」

「そなたが見つけたのか」

「ああ、わっしのうちに矢部の旦那の小者、猪之助《いのすけ》が深夜過ぎに姿を見せて、『旦那が戻らないが、知らないか』と訊かれて捜しに出て見つけたんだ」

と三郎次が言葉を切った。

「昨日、わっしらが別れたのは一口長屋から八丁堀の屋敷に戻ったあと、夕暮れのことでさあ。旦那は別れ際にこう言いなさった」


「……三郎次、今晩、ちょいと出かけるでな」

「わっしもお供しますかえ」

間を置いた矢部が、

「いや、おれひとりで事が済む」

(陰の御仁と会うのだ)

と咄嗟に思った三郎次は不意に不安に見舞われた。

「野暮用だ」

三郎次の不安を察した矢部が漏らし、さらになにかを言いかけて、止めた。

若い矢部内蔵助が女房に隠れて女遊びしていたことも三郎次は承知していた。だが、この数年はさような所業はなかった。新しい女に出会ったのなら三郎次に告げるはずだと思った。

「わっしがやることがありますかえ、旦那」

「そうだな、おれが朝まで戻らないときは、八丁堀で見かけぬ屋根船を探しねえ」

「屋根船でだれと会われるんで」

「逢い引きの相手だ。おめえにも言えねえよ」

「旦那、まさか」

「なんだ、まさかって。心配することじゃねえや。明日の朝、屋敷を訪ねてきねえ。朝餉をいっしょに食おう」


「……小者の猪之助に訊かれたとき、わっしは直ぐに旦那の言葉、『おれが朝まで戻らないときは、八丁堀で見かけぬ屋根船を探しねえ』を思い出し、猪之助といっしょに提灯点して八丁堀を探し回ったんでさ。そしたら、旦那の骸が水面に浮かんでいたんで」

「三郎次どの、おめえさん、それがしが矢部どのを斬ったと思ったか」

と念押しした。

「へえ」

「なぜそう思った」

「旦那の斬り傷はひとつだけ。あれほど鮮やかに胴に斬り込む技は見たことねえ、居合術のように思えましたね。中村座で見た喜多川左門の斬り傷と同じよ。つまり、夢想流抜刀技でしか、あの斬り傷はつかねえとね」

「やはりそれがしを疑っておるか」

「へえ」

善次郎は愛刀を腰から鞘ごと抜いて三郎次に差し出した。だが、三郎次は直ぐには受け取ろうとはしなかった。

「わっしはね、最前から小此木さんの抜刀技を見ていて、これは違うと思い直しましたんで。何刻か前、人を殺した者がこんな稽古をするはずはねえ」

「それがしが國重で人を斬ったのならば血糊《ちのり》が残っておろう。それがし、代々伝わる長谷部國重しか刀は所有しておらん。調べよ」

しばし無言で善次郎を見ていた三郎次が意を決したように受け取り、白み始めた空に差し出すように抜いた。

長いこと刃を、抜いた構えのまま見ていたが、

「小此木さんよ、わっしの非礼を許してくんな」

と言いながら鞘に戻し、善次郎に返した。

「矢部どのは、陰の御仁と会ったと思うか」

「それしか考えられませんや」

と三郎次が言い切った。

「そのほう、その者を真に知らぬのだな」

「わっしはね、御用の筋で矢部の旦那との間には互いに秘密はねえと最近まで信じていましたんで。だがね、代々の付き合いとはいえ、同心の旦那と十手持ちでは身分も考え方も違いまさあね」

と己を得心させるように言い訳めいた言葉を吐いた。

善次郎の耳には哀しく聞こえた。

三郎次は陰の人物には会ったことはない。だが、矢部内蔵助とは顔見知りだったのだとなんとなく善次郎は察していた。

「矢部どのが陰の御仁と知り合ったのは最近のことかな」

「へえ、まず間違いねえ。このひと月半か、ふた月のうちかね、以前と違う様子なのに思い当たりましてね」

「陰の御仁のほうから矢部どのに接触してきたと思うか」

「へえ、間違いねえ。わっしが考えるに小此木さん、おまえさん一家が一口長屋に住み始めて半年後ほどの時節かね。つまりは去年の師走あたりだ」

「それがしは陰の御仁に見張られた覚えはない。この一件でそれがしと矢部どのの間に関わりがあると思うか」

「在所から江戸に出てきたばかりの小此木さんより町奉行所の定町廻り同心のほうが一口長屋に詳しいとそやつは思ったかねえ」

「こちらは在所者だ、歯牙《しが》にもかける要のない輩と思われたのだろう」

ふたりは言い合った。

「いえね、在所から出てきたおめえさん一家はあっさりと一口長屋に住まい始めた。こいつは稀有《けう》なことだぜ。一口長屋は住む者を選ぶからね」

「ああ、そうであったな。われら一家は選ばれて一口長屋に住み始めたのかもしれん。矢部どのはそれがし一家が一口長屋に住み始めた時節に悪戯が増えたと申しておったが、となると陰の御仁にとってわれらは無害な者になったのであろうか」

「へえ、そうとも考えられます」

「親分、陰の御仁と会った矢部どのが以前と違う様子になったというのはどんなふうにかな」

「へえ、それですがね。最前から考えているんですが、慎重な応対をするようになったというんですかね」

と首を捻り、

「旦那は意外とうかつ者でね。それが近ごろ昔のように思いつきを咄嗟に口にするようなことはなくなったな。そんなことくらいかね」

「金子の使い方はどうか」

「町奉行所定町廻り同心の旦那はね、同心の立場を利用して出入りのお店などから金子を乞うなんてことはしないお方だったね。むろん盆暮れに決まった金子を長年出入りの老舗から頂戴しなさった。だが、そんな金子もわっしら配下の者に配ったり、探索の費えに充《あ》てたり、己の懐を肥《こ》やすことはまずありませんでしたな。そんな旦那が陰の御仁から、格別に金子を受け取っていたとは思えねえ」

「陰の御仁のほうから矢部どのに接触したのであれば、こたび殺される目に遭ったのはなぜであろうか」

と善次郎は自問自答した。

最前からの三郎次の問答の核心だった。

「やはり何度考えても一口長屋しか思いつかねえや」

「三郎次どの、矢部どのの様子がおかしくなったのは去年の師走と申したが、正確にはいつごろのことだな」

「いつって、年の瀬のころだな。でもなにがあったかな。ここんとこ、あれこれとあって、わっしの頭がこんがらがってまさあ」

「三郎次どの、昨年の冬、年の瀬の時節、矢部どのに変わったことはなかったか。たとえば親類に祝言があったとか、上役、同僚のだれぞが病で身罷ったとか、御用の筋とは違うそんな寄り合いがなかったか」

善次郎は御用とは違った場で陰の人物と接触したのではないかと思いついたのだ。御用の筋ならば親仁橋の御用聞き三郎次が同道していたはずだ。

「旦那の親類に祝言ね、ここんとこ覚えがございませんね。北町奉行所の上役や同僚の寄り合いな、あったかな」

と考え込んでいた三郎次が、

「あれかな」

と言い出した。善次郎は、

（なんだ）

という顔で見た。

「南町奉行所の名物与力だった隠居の伊来瀬洛翁《いらせらくおう》様が身罷られて、深川熊井町《ふかがわくまいちょう》の正源寺《しょうげんじ》で盛大な弔いが催されましたんで。なにしろ洛翁様は二十歳を前に与力に就かれ、以降三十有余年も御用を務められましたからね、付き合いも手広いや。隠居になっても、南北の奉行所のみならずこの界隈の直参旗本の倅や娘の仲人《なこうど》のごとき世話方になるのが大好きでしてね、正源寺が大勢の人でごった返しましたんで」

「その弔いに矢部どのが出られたか」

「いえ、弔いの警固を仰《おお》せつかって、わっしもいっしょに深川で御用を務めましたんで。弔いが終わったところで、旦那が寺の庫裏《くり》に呼ばれて行かれました。呼んだのは洛翁様の関わりの人でしょうな。四半刻後に戻られたとき、旦那の顔は緊張というか、不安というか引き攣《つ》っておりましたな」

「……どうなさいました。旦那」

「なんだか知らぬが偉いお方に引き合わされた」

「偉いお方とは、どなたですかえ」

「伊来瀬洛翁様の知り合いじゃそうな。なんでも公儀のお偉方とか、なぜそれがしが対面したのか分からん、さっぱり分からぬ。そのお方から『ときに深川下《しも》屋敷に参れ』とお招きあった」

「……そう言って首を捻っておいででした」

「ほう、公儀のお偉方と対面なされたか。そのお方の職階は分からぬか」

「深川からの帰り舟の中で旦那が、『公儀の御書院番頭《ごしょいんばんがしら》か』と呟くのがわっしの耳に聞こえましたんで。おそらくこのお方かと思います」

「矢部どのが驚くのも無理はないな。町奉行所の一同心とは、身分違いも甚だしくないか」

公儀の職階をよく知らぬ善次郎が呟き、

「公儀の御書院番頭がほんとうとすると三十俵二人扶持の町方同心とは天と地ほ

ど差がありますぜ、比べようもございませんや」

と三郎次が言い切った。

「三郎次どの、矢部どのは御書院番頭の下屋敷に招かれたのであろうか」

「いえね、それから何日かして、旦那があの話は立ち消えになったと申されて、わっしはその一件のことは忘れておりましたんで。ただ今小此木さんから言われてそのことを思い出しました」

「改めて訊こう。矢部どのが公儀のお偉方の下屋敷に招かれた気配はあると思うか、それとも矢部どのが言うように立ち消えになったか」

「つらつら考えますに、もしあの話が生きていたとしたらわっしに内緒で旦那は出かけていって、陰御用を一、二度務められたかもしれねえ。そんな気がします」

と三郎次が言った。

「もし矢部どのがその御仁の御用を務められたとしたら、金子のためではなかろうな」

「いつかも言ったが、旦那は金じゃ動かねえ。とくに相手が公儀のお偉方としたら、旦那は公儀の御用と信じて働いたと思います」

と推量を述べた。

立ち消えになったはずの屋敷への招きは生きていて三郎次になにも告げることなく御用を命じられ動いたとして、矢部内蔵助は、なにか秘密に接し、厄介極まりない立場に追い込まれていたのではないかと、善次郎は推量した。だが、確信のあることではない。

「どのようなことでもよい、この一件に絡んだことを思い出さぬか」

しばし沈思した三郎次は首を横に振り、

「旦那はえらい難儀に見舞われたようですね」

と善次郎と同じ考えを漏らした。が、それ以上のことは思いつかぬ様子だった。

「この一件を知る者に心当たりはないか」

と善次郎は話柄を変えた。

長い沈黙のあと、

「隠居の洛翁の弔いの場で寺の庫裏に旦那を呼び出したのは、はっきりとは申せませんが、年番方《ねんばんかた》与力伊来瀬家の当代の光左衛門《みつざえもん》様だと思いますね」

と言った。

小此木善次郎は三郎次の案内で八丁堀の年番方与力伊来瀬家の門前に立った。敷地は三百坪ほどありそうで、冠木門《かぶきもん》の奥に式台のある玄関が見えた。

三郎次は、わっしはこれ以上のことはできないと、善次郎といっしょに伊来瀬家の門を潜ることを拒んだ。

善次郎は断られて元々と考え、独り玄関の前に立った。その右手に詰所があって若い同心が控えていた。定町廻り同心矢部内蔵助の一件で主に会いたいと願うと、若い同心は、善次郎の風体を窺い、身分を聞くと奥に消えた。

さほど待たされることなく庭から奥座敷の縁側に通された。

三郎次は伊来瀬家から離れたところで善次郎が出てくるのを待っていた。およそ四半刻後に門から出てきた小此木善次郎の顔は、緊張のせいか紅潮していた。

「分かりましたかえ」

「いや」

と首を横に振った善次郎は年番方与力伊来瀬光左衛門と交わした短い問答を思い出していた。

「うちの定町廻り同心矢部内蔵助が殺された一件は、ふだんの御用の筋との関わりかと北町奉行所内では考えられておる」

「伊来瀬様、さように物騒な騒ぎの探索を矢部どのは担当されていましたので」

「いかにもさよう」

「矢部どのが探索中の騒ぎとはどのようなものでござったのでしょうか」

「小此木善次郎どの、そなた、何者かな」

「一介の浪人に過ぎませぬ」

「そのような人物に北町奉行所の探索中の事件を話せると思うてか。面会は終わった。即刻立ち去られよ」

「伊来瀬様、非礼の段、お詫び申す。最後にひとつだけ、お尋ねしたい。矢部どのの探索とは一口長屋に関してのことではござらぬか」

この問いに年番方与力伊来瀬光左衛門の顔が引き攣った。

「なんのことやらさっぱり分からぬ。そなた、平穏な江戸暮らしがしたいのであれば、分《ぶん》を守りなされ」

と伊来瀬は手を叩いて支配下の同心を呼んだ。

「矢部どのは北町奉行所の命でなにか探索されていたか」

「いえ、旦那とわっしの前には四年前の殺しと一口長屋の件しかありませんや」

と三郎次が言い切った。

善次郎は伊来瀬年番方与力の言葉を手短に告げた。そして、

「親分、矢部どのの不慮の死にわれら関わってはならぬようだ。それがしの動けるのはここまでかのう。そなたも矢部どのの死について一切忘れよ。矢部どのの二の舞は御免だ」

と善次郎が三郎次に告げた。

三

小此木善次郎にとって落ち着かない日々が過ぎていった。

毎朝、幽霊坂の青柳道場に通い、ひたすら稽古に没頭することで日常を取り戻そうと試みた。立夏《りっか》を迎え、以前のような静かな日々が戻ったように思えた。

己の独り稽古ののち、若い門弟の安生彦九郎らの指導をした。ときに筆頭師範の財津惣右衛門らと立ち合い稽古をすることもあった。

朝稽古を終えると神田川に架かる昌平橋を渡り、神田明神門前の米問屋の越後

屋に立ち寄り、大番頭の孫太夫と雑談をし、奥に招かれたときには、九代目の嘉兵衛と供された茶を喫しながらしばし暇を供にした。

孫太夫も嘉兵衛も善次郎の胸の内に蟠《わだかま》る鬱々《うつうつ》とした気持ちを察していたが、ふたりのほうから触れることはなかった。

ある日、嘉兵衛が、

「善次郎様、近ごろ穏やかなお顔になられましたな」

「おや、それがし、なんぞ迷いの顔でこちらにお邪魔しておりましたか」

「いえ、なんとのう思っただけです。幽霊坂の青柳道場には熱心にお通いですね」

「それがしにとって剣術は生きがいでござる」

と応じた善次郎は、

「近ごろ嘉兵衛様の供をする裏仕事はありませんかな」

と問い返した。

米問屋の越後屋の裏の顔は、長年付き合いのある大身旗本や大名諸藩たちから乞われて、金子を用立てる金貸しだった。担保として浅草蔵前《あさくさくらまえ》で受け取る年貢米などが充てられていた。ところが、娘の婚礼などで大金が必要などとして、ふだんの付き合いを超えた金子を借り続けて借財が溜まり、元金の返済どころか利息すら払えない馴染みの武家方があった。かような客の中には、

「越後屋、新たに三百両ほど用立てよ」

などとこれまでの借財を忘れたかのように強請《きょうせい》する者もいた。

さようなことが幾たびも繰り返され、両者の長年の信頼関係が失われた客の屋敷に取り立てに行く折り、善次郎は越後屋の守護人として供をした。ときに善次郎の陰流苗木を披露して借財の一部を強引に取り立てることもあった。その折り、越後屋では取り立てた金子の額に応じて礼金を善次郎に渡した。

「なんぞ金子の入り用が生じましたかな」

「いや、わが家に格別な支払いの要などござらぬ」

「そうでしたそうでした。忘れておりましたぞ、角切銀杏《すみきりいちょう》の座紋の中村勘三郎さんから五十両をそなたの金子預かり帳に入れてくれと頼まれましてな、小此木様は、神田明神とうちの他、中村座の守護人に就かれましたか。これ以上、守護人の役目を引き受けるのは思案なされよ。小此木様の嫌いな分限者になりますぞ」

と嘉兵衛が冗談紛れに善次郎に忠告した。

「なんとも申し訳ないことでござった」

と詫びた善次郎に、

「うちから誘いがないことを案じられましたか」

と話柄を戻した。

「それがしが思案することではござらぬな。越後屋どのが貸した金子が返り、いや、商いに差し障りがなければ、それはよし」

「小此木様、うちの裏仕事の金子の融通は増えこそすれ、お返しになるお客様は減るばかりです」

「それはいかんな」

「かような状態が続くと『越後屋の借財は返す要はない』とぬけぬけと高言されるお方もおられますすでな、そうですな、近々小此木様にご足労《そくろう》を願いましょうかな」

と嘉兵衛が言った。

「嘉兵衛様、どちらのお客人でござろうか」

「長年、それなりの金子を用立ててきた定《じょう》火消《びけし》御役、五千七百石の松平《まつだいら》様からなんぞ相談したし、屋敷に参るようにとの書状が届きましてな。その折り、『長年の付き合いを感謝して臥煙《がえん》らの火消の模様を観覧させる。そのあと、一献《いっこん》傾けよう』との言葉が付記されておりました」

嘉兵衛の口調にはいささか訝しい、新たな無心ではなかろうかといった感じがあった。そこで善次郎が質した。

「嘉兵衛様、定火消御役とはどのような職制ですかな」

「大名火消、町火消、定火消と名は違いますがな、火事の折りに火を消す役目は変わりありません。定火消御役は、幕府直轄《ちょっかつ》の火消方にございましてな、うちは松平采女《うねめ》様とは代々の付き合い、これまで用立てた金子は莫大《ばくだい》です。まあ、その金額は聞かれないほうがよろしい。その一割でもご返却となればありがたいことです。まあ、無理でしょうな。

ともかく、拝領屋敷にはふだんから三百人の臥煙を抱えていなければなりませんでな、費えも莫大にかかります。私ども金貸しは、定火消御役に用立てた金子の返済を当てにしていては成り立ちません。出火の折り、火消役の働き次第によって、江戸の人々の命や財産が守られるかどうかが決まりますからな。うちとしては松平様への貸金が戻ることは期待しません、ただしこれ以上の借金は御免蒙《こうむ》りとうございます」

となんとも鷹揚《おうよう》にして正直な胸の内を吐露した。

美濃の苗木城下でかような話はあり得ない。大金を融通しておいて返済は考えていないという江戸の商いには驚きしかない。大身旗本など武家方相手に金を貸す越後屋の所持金の額など善次郎には夢想もできなかった。莫大な所持金がなければかように鷹揚な言葉は吐けないであろう。また、幕府直轄の定火消役に融通することで、公儀に闇の金貸しを黙認されていることも、嘉兵衛の言葉にはほのめかされていた。単純に公儀の勘定方が出せない出費を、越後屋のような陰の金貸しがまかなっているのだ。

「さような定火消役の松平様から『相談したし』ということは新たな借財の要望と思われますか、嘉兵衛様」

「まあ、そう考えざるを得ませんな。あちら様は、書状を受け取ったあとでも、やいのやいのと言ってまいられます」

「あちら様に伺わざるを得ない。だが、新たな借財はお断りしたいというのが越後屋さんのお気持ちですかな」

「仰《おっしゃ》るとおりでございます。小此木様のご同行をお願い申します」

「松平家では、それがしのような刀を手挟んだ者を敷地に入れることをお許しですかな」

「信頼する剣術家を一人《いちにん》同行したいと申したところで、了解なされましょう。臥煙一同の火消模様を観覧させるとわざわざ書き送ってきたところをみると、私に『うちにはこれだけの私兵がいる』と脅しをかけておるのでしょう。

定火消役の臥煙ですがな、命をかけた火事場では、裸同然の恰好で消火に当たる面々です。それだけに平素の挙動も粗暴《そぼう》にして険悪なる者どもです。小此木様おひとりの同行を拒むとは思えません」

「それがし一人で三百人の臥煙に立ち向かう事態がありえましょうか」

「大いに考えられます。この同行についてどうお思いですかな、小此木様」

「三百人の命知らずと立ち合いですか。まるで戦場《いくさば》ですな」

善次郎はしばし思案した。

(これもそれがしの務め)

と思い当たったとき、

「参りましょう」

と返答せざるを得なかった。

「ならば早速手配致します。おそらく明後日に三河町《みかわちょう》新道《じんみち》の松平邸に参ることになりましょう」

と言った嘉兵衛は、

「こたびの私どもの対面の結果を江戸じゅうの金貸しが見守っています。新たな借財を断ることをうちができたかどうか。この一件の結果が向後の定火消方への金子の融通をどうするか決める手本になりますでな」

と越後屋九代目の嘉兵衛が言い切った。

善次郎の力を試そうとしているような、またかようなことができる金貸しの力を誇っているような嘉兵衛の表情だった。そして、

「頼りは小此木様のみです」

と言い添えた。


その朝、いつものように一口長屋の敷地で長谷部國重を使って夢想流の抜刀技を丁寧に繰り返した善次郎は、神田明神の本殿にお詣りした。むろん本日の定火消役の松平家訪問が無事に果たせることを祈願したのだ。そのあと、神田明神の社務所に立ち寄り、権宮司の那智羽左衛門に繰り返し願った末に、節だらけの老いた竹棒を借り受けて門前町の越後屋に向かった。正月の警固方を務めた折り、この竹棒を携えていて、使い勝手のよさを承知していた。

松平邸の訪問は四つ（午前十時）と聞いていた。

「ご苦労に存じます」

と大番頭の孫太夫がいつもとは違い、丁寧な言葉で迎えた。本日の松平邸訪問の結果を、定火消役とつながりを持つ江戸じゅうの金貸しが注視しておることを善次郎に改めて思い起こさせた。

「旦那様は内湯を使われておられます。小此木さん、そなたが見えたら湯に一緒しましょうと伝えてくれと申されました」

嘉兵衛は善次郎も身を清めることを命じていた。

「承知しました」

と受けた善次郎を小女が初めて入る越後屋の内湯に案内した。

「こちらに新しい下着が置いてございます。湯に入られましたら着替えてくださいとの大番頭さんの命です」

と孫太夫の言葉とともに善次郎に差し出した。

「ありがたい」

と答えながら本日の務めが生死に関わることを思い知らされた。

節ひとつない檜《ひのき》の内湯の広々とした湯船に嘉兵衛が瞑目して浸かっていた。

かかり湯を使った善次郎に、

「小此木様、湯に浸かりなされ」

と嘉兵衛が告げて、ふたりは無言で湯に浸かった。

「小此木様、頼みますぞ」

と嘉兵衛が湯船から出る折りにただ一言声をかけた。

「はっ」

と短く答えた。

新しい下着と湯に浸かって身を清める行為が本日の重大さを告げていた。

湯から上がった善次郎は奥座敷で嘉兵衛といっしょに朝餉を食した。粥《かゆ》をゆっくりと食したのち、奥座敷に、

「旦那様、お駕籠が参りました」

と最前善次郎を内湯に案内した小女が告げた。

「参りましょうかな」

との嘉兵衛の言葉を善次郎は平静な気持ちで受け止めた。

駕籠には長谷部國重を手挟み、手には老竹を杖のように突いた善次郎のみが従

った。

三河町新道の松平采女邸に四つ前に駕籠は到着していた。

その折り足を引きずる善次郎を、嘉兵衛は初めて見た。

「どうされましたな」

「迂闊にも湯船を跨《また》ぐ折り、足を滑らせました」

嘉兵衛は松平家の門前で善次郎の杖を見た。もはやなにを言ってもどうにもならない。

敷地から大勢の人の気配が漂ってきた。

そのとき、ふたたび嘉兵衛が心配げに善次郎を見た。

善次郎は小さく頷いた。その頷きから、

(必ずや嘉兵衛様を無事に屋敷から連れ戻す)

との決意が嘉兵衛に伝わってきた。

先に通用口を潜った嘉兵衛が一瞬迷ったか、動きを止めた。が、直ぐに平静に戻して敷地へと姿を消した。

続いて老竹を突いた善次郎が左足を引きずって敷地に入った。

なんと、閉じられた大門から式台のある玄関まで三百人の臥煙連中がびっしりと立哨《りつしよう》していた。

嘉兵衛と善次郎の両人は玄関を眺めた。

饅頭紋《まんじゆうもん》の火事羽織に頭巾《ずきん》姿の松平采女が立っていた。傍らには出動時に乗る馬が待機していた。

臥煙の二重に並ぶ間を嘉兵衛と、杖を突き足を痛めた善次郎の両人はゆっくりと歩いていった。

「越後屋、ようやく参りおったか。予《よ》の務めは公儀直轄の定火消御役である。いついかなるときに火事に見舞われ、駆けつけねばならぬか知れぬ役目ぞ」

「殿様、申し訳ございません。なにしろ本業の米問屋と金子を都合する仕事のふたつ、目が回るほど忙しゅうございましてな」

「言い訳か、嘉兵衛。九代目のそのほう、それが日常の務めであろうが」

と言った松平采女が嘉兵衛の背後に従う善次郎を見た。

「そのほうの用心棒は足が不じゆうか」

「はあ、なんとも情けなき次第でございます」

と嘉兵衛が曖昧な言葉を吐いた。

「さあて、越後屋嘉兵衛、本日の御用、心得ておろうな。門前に大八車を待たせておるか」

「えっ、なんぞお屋敷から持ち帰るものがございますかな。まさか御立て替えした金子のご返却でございますか」

「馬鹿を抜かせ。そのほうを呼んだは新たな費えが入り用ゆえじゃ。こたび千金もあれば幕府直轄定火消御役の御用が務められよう。持参致したな、越後屋」

この詰問に嘉兵衛はしばし無言で応じていたが、

「殿様、うちではもはやこれ以上の金子を用立てることはできませぬ。それより殿様、これまでお貸ししてきた金子の一部をお返し願えませぬか。お貸しした金子の元金やそれに付随する利息を返金するのは世の習わしですぞ」

と言い切った。

「ほう、そのほう、定火消御役の予に向かってさような罵詈雑言《ばりぞうごん》を吐きおるか。ならば、そのほうの身柄、当家で預かろうか」

「ご冗談を申されますな」

と言った途端、三百人の臥煙たちが大鳶口《とびぐち》や刺股《さすまた》や大伐鋸《のこぎり》を立てて、ふたりに向けた。

「それ、臥煙ども、この両人を叩きのめせ」

と叫んだ松平采女が傍らの馬に跨《またが》ろうとした。

臥煙どもを騎乗にて指揮する心算か。

その瞬間、善次郎が不じゆうな左足の履物をひょいと馬の鼻先に放った。驚いた馬が前脚を立てたために鞍《くら》に跨りかけた松平采女が、どさりと地面に転がり、頭巾を被った頭を敷石で打って気を失った。

「な、なんだ」

臥煙の頭分が善次郎を見て、

「こやつらを叩き伏せよ」

と大声で命じた。

喚き声に驚いたか、二重に列をつくり、立哨していた臥煙たちの群れに馬が突進していった。

「ああ、馬を止めよ」

「いや、こやつらを叩きのめすのが先だ」

と立ち騒ぐ臥煙たちを横目に、

「大丈夫でござろうか」

玄関前で失神した松平采女の介抱をする体の善次郎が饅頭紋の火事羽織を脱が

せると、傍らに落ちていた履物を履き直し、

「越後屋どの、それがしの背に従いなされ」

と命じた。

「おのれ、逃がさぬ」

と頭分が大鳶口を振り回そうとしたが、なにしろ大混乱の場だ。

左手に火事羽織を抱えた善次郎が右手に構えた節だらけの竹棒で、臥煙らを次々に殴りつけ、通用口へと辿りついた。

そこには松平家の家来がいた。

「そなたら、当家の家来衆じゃな。殿様の介抱をなされよ、落馬されて頭を打たれただけじゃ。頭巾を被っておられたでな、怪我はしておられまい。おお、そうだ、それがし、殿様にな、火事羽織の手入れを頼まれ申した。手入れが終わるころ、神田明神社の本殿に預けておこう、取りに参られよ。いいかな、立ち騒がれると、この一件、読売なんぞが書いて江戸じゅう大騒ぎになりますと家老職に伝えなされ」

と言い残した善次郎は、嘉兵衛の手を引くと三河町新道を北に向かって小走りに駆けて、幽霊坂の下、八辻原に出た。三河町新道と八辻原は十丁（約一キロ）

とは離れていない。

「もはや、走る要もございますまい」

「小此木様、先ほどの物言い、却って大騒ぎになりませぬか」

と嘉兵衛が案じた。

「嘉兵衛様、幕府直轄の定火消役の頭領の印、饅頭紋の火事羽織がこちらの手にある以上、松平の殿様が騒がれることはございますまい。火事羽織を失ったなどと公儀に訴えられますか」

「おお、そうか。松平家お取り潰し、殿様には切腹の沙汰が即座に下りましょうな」

「となると頭を下げて取り戻しに来られる他はない」

と善次郎が言い切り、

「小此木様の悪知恵、定火消役も敵いませぬな」

と感嘆した。

四

越後屋嘉兵衛は善次郎の「悪知恵」に従い、神田明神に長年出入りする版元『江戸読売あれこれ』の庄太郎を呼んで定火消役の松平家の持ちものを見せた。

庄太郎は、越後屋にも善次郎にも馴染みの書き手だった。

「ほう、越後屋九代目の傍らにある火事羽織が松平家の持ちものね、本物ですかえ」

と庄太郎は手に取ってしげしげと見つめた。

「で、越後屋さんはこれをどうなさるお心算《こころづもり》ですな」

「このことを認めた読売を出す仕度をしてくれませんかな」

「うちの『江戸読売あれこれ』に書いて、売れと申されますか」

「となると松平家はお家断絶、当代の主は切腹でしょう」

「まあ、そうなりますかな。それを越後屋さんはお望みですかな」

「どうでしょうな。うちも米問屋の本業も、黙認されてきた裏商いの金貸しも取り潰しのうえ、私は小伝馬町《こでんまちょう》の牢屋敷にしゃがむことになりましょう。『江戸読売あれこれ』にも当然悪い影響がありますぞ」

「まず間違いございません。お互い困りますな」

と応じた庄太郎の前に越後屋嘉兵衛が包金ふたつ、五十両を差し出した。

「読売の書き代です。松平家にも世間の常識を心得た家来のひとりやふたりおられましょう。まず頭を下げて饅頭紋の火事羽織の返却を願いに参りましょう」

「うちは当座『江戸読売あれこれ』は売り出すことはできませんな」

「いかにもさよう。五十両は使われなくなる原稿の代金です」

しばし沈思した庄太郎がにっこりと笑った。

「ただしその読売の大本の原稿はしばらく保管しておいてくだされ」

「相手方がなんぞ新たな注文をつけた折りのためですな」

「まずさようなことはありますまいが、万が一のためです」

との嘉兵衛の言葉を聞いて庄太郎が包金ふたつを懐に入れた。

神田明神門前の米問屋越後屋に、定火消役松平采女の家老職、稲城三左衛門《いなぎさんざえもん》が酒樽《さかだる》を小者に持たせて訪れたのは、騒ぎの二日後のことだった。

越後屋の店先には大番頭の孫太夫の傍らに風呂敷に包まれた火事羽織があった。

そして、小此木善次郎が控えてふたりは談笑していた。

家老が善次郎をじろりと睨んで、孫太夫に、

「越後屋の主に会いたし」

と言い放った。

「主はこのところ多忙を極めておりましてな。用件は番頭の私が伺いましょうか」

「そのほう、それがしの用件を承知か」

「およそ承知しております」

「ならば申す。うちが預けた品を返却されたし」

「ほう、当方が預かった品とはなんのことでございましょうかな」

「番頭、そなたの傍らに控えた輩が承知あろう」

と家老が腹立たしげに吐き捨てた。

「小此木様、ご存じですかな」

「孫太夫どの、こちらではないか」

と傍らにあった風呂敷包みを善次郎が指した。

「おお、その包みがわが屋敷の」

と言いかけ、口を噤んで風呂敷包みに手を伸ばそうとした。それを制するように善次郎が風呂敷包みを押さえ、

「家老どの、その前に越後屋様に挨拶があって然るべきかと存ずる」

と言い添えた。

その言葉を苦渋の顔で聞いた稲城家老が、

「おお、迂闊であったわ。わが屋敷の品、お預かりいただき真に感謝しておる。ささやかな礼じゃが一斗樽を快く納めてくれぬか。武家方は内所が苦しゅうてな、かようなものしか仕度できぬ」

と頭を下げて、善次郎が風呂敷包みを家老の前へと押しやった。

「検《あらた》めてよいかな」

と家老が孫太夫と善次郎の両人のどちらにともなく許しを乞うた。

孫太夫が頷いた。

上がり框に腰を下ろした三左衛門が風呂敷を解き、

「おおっ」

と感激の声を漏らした。そして、表から品物が見えぬように己の体で隠して広げ、幾たびも火事場で炎や水を浴びた饅頭紋つきの火事羽織を確かめた。

「いかがですかな」

「いかにも松平家の火事羽織でござる。たしかに受け取り申した」

「ご家老様、松平家にとって唯一無二の宝でございましょう。受取状をこの場で認めてくれませぬか」

「それがし、こうしてたしかに受領仕った。受取状など要るまい」

「松平家にとってさようでも、一時お預かりした火事羽織をお返ししたのです。お互いに間違いがあってもなりませぬ。そうですな、短いもので結構です。たとえば、かような文面ではいかがでございましょう」

と孫太夫が用意していた受取状の下書きを三左衛門に見せた。そこには、

受取状

　饅頭紋付き火事羽織

　たしかに受け取り候

　　文政十年某月某日

　　　定火消役松平采女代人某

越後屋九代目嘉兵衛殿

とあった。

「番頭、いやさ、番頭どの、かように詳しく書かれた受取状か。饅頭紋付き火事羽織は、せめて当家所蔵の羽織とかに変えてくれぬか、それとわが主の役職名はなくともよかろう」

と三左衛門の注文に孫太夫が反論して、ああでもないこうでもないが繰り返され、

受取状
米問屋越後屋に委託《いたく》せし松平家所蔵の羽織
たしかに受け取り候
文政十年某月某日
旗本松平采女代人家老職稲城三左衛門
越後屋嘉兵衛殿

ということで決着をみた。

松平家は火事羽織と特定されないことで安堵し、越後屋は松平家から委託された品物を松平家に返済した証しを得て、両人が一応得心した。

端《はた》で両人の丁丁発止《ちょうちょうはっし》の問答の模様を見ていた善次郎は、この受取状が万一表に出た場合、だれもが松平家が（金銭に困って）委託せし羽織とは、

「火事羽織」

と推量するだろうと思った。

松平家家老稲城三左衛門が小者に負わせた火事羽織とともに安堵した体で越後屋を辞去したあと、善次郎は奥座敷に招かれた。

「終わりましたかな」

「一件落着でしょう」

「一瞬たりとも火事羽織を失ってはならぬ松平家は、これにてお家取り潰しを免れ、主様の切腹は回避されましたか」

「とは申されますが受取状の文言、『米問屋越後屋に委託せし松平家所蔵の羽織』の一条、松平家にとって、決して表に出せぬ言葉ですぞ」

「で、ございますよ。うちも定火消役松平家に都合の悪しきことは表に出す心算はありません。それより火事が起こった折り、松平家が大いに活躍することを祈

っております」

「いかにもさよう」

「最後に残った懸念は、過日小此木様から聞かされた一口長屋の謎でしょうか。解けましたかな」

と嘉兵衛が善次郎に質した。北町奉行所の定町廻り同心矢部内蔵助から託された一件、そして御用聞きの三郎次が小此木家の住まい、一口長屋の荒神棚に密かに置いた書付と文のことも事細かに善次郎は嘉兵衛に告げていた。

「幾たびか書付と文の解読を試みましたが、まるで歯が立ちません。押し込み強盗一味の引き込みの松五郎、真にあのような文字を書いたのでしょうか。あれは字ではありませんな。わざとあのような謎めいた文字に、隠し文字にしていたのではないかと推量しております」

「引き込みの松五郎がいた押し込み強盗一味の頭、百里走りの染五郎でしたかな、一味は大坂にて捕まり始末されましたゆえ、もはや松五郎がどのような字を書いたか、分かりませんな。どうしたもので」

と嘉兵衛も頭を抱えた。

「松五郎が引き込みに入り、蔵の中で骸が見つかったのは、十軒店本石町の京呉服四條屋佐吉方でしたな」

「いかにもさようです。それがなにか」

「四條屋佐吉のお店はどうなっておりましょうかな」

「一家が殺された四條屋の近しい親類は京におるとか。その者たちの間で江戸の四條屋の商いを継ぐとか継がないとか、揉めておるそうです。ためにそのままになっていると存命のころの北町奉行所定町廻り同心矢部内蔵助様から聞いた覚えがございますがな」

「なにっ、お店はそのまま残っておりますか。小此木様、お店を訪ねて中に入ることはできませんかな」

「ううむ」

としばし考えていた善次郎に向かって嘉兵衛が、

「親仁橋の御用聞き三郎次親分を訪ねて相談してみませんか」

「このままあの妙な文字を放っておくのも気分が悪い。よし、親仁橋に三郎次親分を訪ねてみるか」

小此木善次郎は米問屋越後屋を出た足で昌平橋に下り、無人の猪牙舟に声をかけて、魚河岸近くの親仁橋まで送ってもらうことにした。

美濃国苗木城下に育った善次郎にとって、江戸に出て猪牙舟を自ら雇うなど考えもしなかったが、懐具合がよくなり、江戸の地理が分かったとき、そんな贅沢をする気になったのだ。

神田川の流れに乗って猪牙舟は大川に出て、さらには日本橋へと向かう日本橋川を上り、

「旦那、いま潜っている橋が思案橋《しあんばし》だ、次の橋が親仁橋だぜ。この界隈に用事かえ」

と舟に乗り慣れない様子とみたか、船頭が訊いた。

「親仁橋の御用聞き三郎次なる者を訪ねるのだ」

「三郎次親分の家ならば、通りがかりのだれぞに聞きなされ。橋の袂《たもと》から表に子どもらが集まっているのが見えまさあ」

と教えてくれた。

御用聞きの三郎次は手形をもらっていた旦那、北町奉行所の定町廻り同心の矢部内蔵助を亡くしたせいか憮然《ぶぜん》とした顔でお店に立っていた。どうやら三郎次は子ども相手の駄菓子屋を女房にやらせているようだ。

「おや、おまえさんは小此木善次郎さんだったな」

「親分、ちと相談に乗ってくれぬか」

と事情を告げた。

「なに、十軒店本石町の四條屋か、まだ空き家のまま残っていたはずだ。なにが目当てか知らねえが案内しよう」

と奥にいた女房に、

「御用だ、そこまで出かけてくらあ」

と着流しの恰好で案内に立った。

「おまえさん、未だ松五郎が残した書付と文に拘ってなさるか。一度は一切を忘れるとおれに言わなかったかえ」

「お互いのために忘れるはずだったが矢部どのの無念を思うとな、このままに放置しておくのもどうかと思ってな」

「わっしらの真似ごとか」

「暇潰しじゃ」

「おまえさんの顔を見ると余裕があらあ。どうやら稼ぎが成り立っているか」

「一口長屋でなんとか暮らしていけそうでな。ともあれこたびのことは、大家の越後屋嘉兵衛様がそなたの名を出したのだ」

「なんだえ、越後屋も承知か。おれの出番はなしだな」

「三郎次どの、矢部どのに代わる旦那が決まったか」

「北町奉行所の定町廻り同心は六人しかいねえ、筆頭同心の矢部の旦那の代わりに新たな同心が任命されたがな、このお方の下にはすでに若い御用聞きが従っていらあ。当分、おりゃ、冷や飯食いの暮らしよ」

とぼやいたとき、十軒店本石町の四條屋の前にふたりは着いていた。

「番屋に鍵が預けてあらあ。小此木の旦那、店の前で待っていてくんな」

と三郎次が路地の奥へと入っていった。

江戸の中心、日本橋や、賑やかな大路のある室町《むろまち》からさほど遠くはない。商いをするには一等地だろう。

善次郎は大店が暖簾を下げる繁華な町中で、一軒だけひっそりとした四條屋の前でそれなりの間待った。

不意に板戸が開いて三郎次が店の中から姿を見せ、

「番太め、ふらふらと出歩いていやがる、待たせたな」

と四年余り商いをしていない空店《あきだな》に善次郎を招じた。

四半刻後、小此木善次郎は引き込みの松五郎が殺されていたという外蔵の中に座していた。外蔵の中は善次郎が入ったとき、時が止まっていたようにひっそりしていた。外蔵といっても母屋《おもや》とは繋がって裏庭に張り出していた。

三郎次がどこから探してきたか、行灯に灯りを点して外蔵に携えてきた。

その灯りのもとで長谷部國重を腰から外した善次郎は胡坐を搔いて松五郎が殺されていた場に座していた。

「わっしの縄張り内だ。四條屋の身内奉公人の八人とよ、この外蔵で死んでいた松五郎を最初に見つけたのはおれだ。松五郎は蔵の中二階に上がる階段下に俯《うつぶ》せになって殺されてやがった。背後から鋭利《えいり》な短刀かなにかで深々と撫で斬られやがったのさ。ここだ」

三郎次が手にした行灯の灯りでその場を照らした。大量に流れた血の染みが板床に広がっていた。

「親分が松五郎の身につけていた書付に気づいたのであったな」

「なにしろ縄張り内だ。おりゃ、矢部の旦那に手柄を立てさせたくて懐に隠したのよ」

「松五郎は階段下でなにをしていたのであろうか」

「さあてな、もはやそいつは分からねえや。ひょっとしたら外蔵に金子を見つけて隠そうとでもしていたか」

「四條屋には内蔵があったな。金子はそちらに所蔵されていたのではないか」

「おお、通いの番頭は火事の折りのことなど考えて、床下に水を張った石積みの水槽の上の内蔵に千両箱を積んであったと、おれっちに見せたな」

「ならば外蔵には金子は保管するまい」

「そうだな」

と答える三郎次には、もはや四條屋殺しの探索への関心は薄れていた。

引き込みの松五郎は一味から離れて、金目のものがあるとも思えない外蔵の中でなにをしようとしていたのか。

大きな血の染みの前に座して思案を続けた。

「小此木さんよ、おりゃ、親仁橋に戻るぜ。ここにいたって、なんの足しにもならねえや。戸締まりしたら鍵は十軒店本石町の番小屋の番太に渡してくんな」

と言い残した三郎次が消えても、善次郎は思案をしていた。外蔵の扉を三郎次は開けていった。そのために生暖かい風が蔵の中に吹き込んできた。

松五郎とひと目でも会っていれば、思考や行動が推察できるのにと思った。

御用聞きの三郎次も死後の松五郎のことしか知らなかった。

どうにも、手がかりが見つけられなかった。

善次郎はついうつらうつらと睡魔に襲われた。

ごろり、床に転がり、しばし眠りに落ちた。

風が吹き込んできて行灯の灯りが消えそうになった。

「うむ」

と起き上がろうとして行灯の灯りが階段の一段目を照らした。仰向《あおむ》けに眠り込んでいた善次郎の視線が踏板の裏側に無数の節穴のようなものが絵模様をつくっているのをとらえた。

（なんだあれは）

善次郎は起き上がって確かめた。

（新たな謎か）

仰向けに眠り込んでいた善次郎はただ無心に眺めていた。

どれほどの時が経過したか。

四條屋の蔵の階段自体に秘密があるように思えた。

善次郎は階段の踏板《ふみいた》を一枚ずつ外し始めた。

するとどこからともなく冷たい風が吹いてきた。最後の踏板を外したとき、どのような仕掛けになっているか分からないが階段が動き出し、足元に暗くて深い地下蔵が現れた。

終章

善次郎は呆然として暗黒の地下蔵に行灯を突き出して見入った。石を積み上げて造られた地下蔵は間口奥行きともに一間半、深さは水が溜まっており察しがつかなかった。

どこからどこへ流れ出るのか、少しずつ水が減っていくのが分かった。地下蔵が人の眼に晒されたことと、つまりは階段が動いたのと関わりがあるのか。

長いことかかり半間ほど水が減ると、黄金色の大きな仏陀《ぶつだ》の顔が現れてきた。

地下蔵も仏陀像も百年以上も前に造られたものと善次郎には思われた。

仏陀像の大きさからみて深さ三間（約五・五メートル）余と推測された地下蔵の水がすべて抜けるのにどれほどの時を要するのか。

もはや善次郎に時の感覚はなかった。刻々と地下蔵に新たな景色が現れるのに魅了されていた。石壁の一角に刻まれた石段が現れた。

立ち姿の仏陀の全身像がほぼ見えてきた。
行灯の灯りに浮かんだ仏陀像は神々《こうごう》しくも美しかった。
善次郎は四條屋にあった行灯や提灯をすべて集めて灯りを点した。
一段と仏陀の顔が輝いて壮麗だった。
善次郎は長い歳月水に浸かっていた石段を伝い、ゆっくりと下りていった。
立ち姿の前に立った善次郎は合掌して、
(永久の眠りをお覚ましし申し訳ござらぬ)
と詫びた。
微笑みを湛《たた》えた仏陀は善次郎に何事か語りかけていた。
(仏陀様、それがし、どう致さばよかろうか)
と胸中で問うたが答えはなかった。
善次郎は水が抜かれた地下蔵に視線を巡らした。
「な、なんだ」
仏陀像の前には小判のような古い貨幣が山をなして積まれていた。賽銭だろうか。
善次郎は一枚の小判を手にした。水に浸かって冷たい小判は慶長《けいちょう》小判と思えた。

（だれがなんのために水中の地下蔵に仏陀像を祀ったのか）

善次郎はもはや自分ひとりではどうにもならないことを悟った。だれに相談すべきか、ふと浮かんだのは神田明神門前の米問屋にして金貸しでもある越後屋嘉兵衛の顔だった。

四條屋をしっかりと戸締まりした善次郎は鍵を番人に預けることなく、一枚の小判を手拭いに包んで懐に入れ、神田明神門前の越後屋に向かった。

「おや、かような刻限、どうなされました」

と店前で手足を上げたり下げたり、腰を下ろしたり伸ばしたりして体を動かしていた大番頭の孫太夫が疲れ切った顔の善次郎を見た。

越後屋の通用戸は開いていたが大戸は未だ閉じられていた。

「五つ（午前八時）の刻限ですかな」

「いえ、六つ半（午前七時）時分ですよ。どこぞで夜明かしなされましたかな」

「とあるところで」

と応じた善次郎が懐から手拭いに包まれた小判を出して孫太夫に差し出した。

「なんですか、小判を見ろと申されますか。偽《にせ》小判を摑まされましたかな」

朝の光に翳した孫太夫が善次郎を凝視した。

「偽小判ではありませんな、慶長小判と見ましたがどうなされました。偽物であれ、本物であれ今どき拝見することはまずありませんな」

善次郎はなにも答えない。するとふたたび光に翳して小判を確かめた孫太夫が、

「奥座敷に参りましょうか」

と手にした小判を握ったまま、越後屋の九代目主の嘉兵衛が朝の茶を喫している奥座敷に顔を出し、

「旦那様、ちと見ていただきたいものが」

と言いながら小判を差し出した。それを受け取った嘉兵衛が、

「おや、小此木様がいっしょですか」

と言い、小判を注視した。

しばらく無言で小判を眺めていた嘉兵衛が、

「定量四匁《もんめ》七分六厘《りん》（十七・七六グラム）、金含有率八・六八割ほどの慶長小判は高品位でしたな、うちでも慶長小判を良質な小判として代々何枚か所有していますす。されどただ今では商いで使われることはありませんな。どうなされましたな、小此木様」

と質した。

「ちと信じられぬ話かもしれませんが、それがしの話を聞いていただきたい。その前にその小判、たしかに慶長小判の本物でありましょうか」

善次郎の問いに越後屋の主と大番頭が視線を交わらせ、頷き合った。

「私の手中にあるのは、慶長小判の本物に間違いございません」

と嘉兵衛が言い切った。そして、

「慶長年間（一五九六〜一六一五）に造幣された小判は最前旦那様が申されたとおり、高品位の小判です。通用は停止《ちょうじ》となっておりますがな、そもそも、金の含有率が八割を超えた本物の慶長小判などだれも通貨として使いませんな。古金銀としてうちのように蓄蔵しますでな、まず見かけられません。その本物の慶長小判を小此木さんは所持しておられる」

と孫太夫が言い、どうされたか、と無言ながら表情で質した。

ふうっ、とひとつ息を吐いた善次郎が、

「九代目にはすでに話してあることとです。孫太夫どの、四年前に十軒店本石町の京呉服四條屋佐吉方に押し込み強盗が入り、主の佐吉一家と住み込みの奉公人八人が惨殺された騒ぎを覚えておられますか」

「むろん覚えておりますよ。前もって引き込みを入れており、万全の仕度の所業でしたな。江戸でも滅多に見られぬ悪辣非道《あくらつひどう》な押し込み強盗は、百里走りの染五郎一味の仕業でした」

「引き込みは松五郎といい、めし炊きとして入っておったそうな。が、仕事をなしたあと、この引き込みも外蔵の中で殺されておった。それがし、嘉兵衛様に言われなんとなく気になりましてな、四年後の今も商いを再開しておらぬ四條屋に昨晩から本未明まで立ち入っておりました。むろん親仁橋の三郎次と申す御用聞きの許しを得てのことです」

と前置きした善次郎は、引き込みの松五郎が四條屋の外蔵内の階段下で殺されていた現場に、想像もしなかった地下蔵を見つけたことから、黄金色の仏陀像が水中に安置されていたことなどを仔細に告げた。

「なんという話ですか。で、その地下蔵でこの慶長小判一枚を拾われましたので」

「一枚ではござらぬ。それがし、数え切れぬほどの小判を見ました」

「どういうことですか。小此木様でなければ夢でも見ましたかと言いとうございます」

「それがしもそう思いとうござる。それがしを四條屋まで案内した御用聞きの三郎次に、『わっしらの真似ごとか』と苦笑いされましたがな、まさかかような展開になるとは今も信じられませぬ」

孫太夫にはなんのことか分からない話だったが、問い質すことなく黙って聞いていた。

善次郎の胸中には、殺された北町奉行所定町廻り同心矢部内蔵助の仇を討ちたい想いもあった。

「この一件、大変な話ですぞ、小此木様」

と嘉兵衛の顔は険しかった。

「いかにもさよう。それがし、十軒店本石町からこちらに来る道々思案しましたが、四條屋にめし炊きとして引き込みに入っていた松五郎は、なぜかは知りませぬが、四條屋に莫大な隠し金があることを知っていたのではありますまいか。そのことを内緒にしていたのを頭の百里走りの染五郎に悟られて殺されたか。とはいえ、百里走り一味も松五郎もすでにこの世の者ではありませんでな、真実は分かりませぬ」

「小此木様、この話、どうなさるおつもりですな」

と孫太夫が善次郎を正視した。

「まず慶長小判が本物と知れた今、公儀にお届けするのがよかろうと思います。どなたが適任かのう」

「小此木様は北町奉行の榊原主計忠之様をご存じございませんか」

「お名前は存じています。矢部どのの上役のお奉行ですな」

「榊原様の内与力の白浜歳三様にお渡しするのがよかろう。お会いになる前にこの一件、うちに相談したということで、大番頭さんを案内方にさせますでな」

との嘉兵衛の言葉に善次郎は頷いた。


北町奉行所は非番月であった。されど越後屋の大番頭孫太夫の付き添いなければ、浪々の身の小此木善次郎は内与力白浜歳三に会うことは叶わなかったろう。

両人から話を聞き、渡された慶長小判を凝視した白浜が、

「そなた、虚言癖はないであろうな」

「やはり信じてはいただけませぬか。ならば十軒店本石町の四條屋はこの北町奉行所からすぐの場所、それがしの案内でご覧になるのが一番ようございましょう」

と善次郎が言い放ったが内与力は無言で慶長小判を見ていた。

「白浜様、申し上げます。わが一口長屋の住人小此木善次郎様は、虚言を弄するようなお方ではございません。どうですね、小此木様の申されるとおり、この足で四條屋を訪ねるというのは」

と孫太夫が言い添えた。

「越後屋の大番頭どのとはそれなりの付き合いがあるわ。とはいえ、いきなり話を信じろと言われてもな」

と白浜が不審の眼で善次郎を眺めていたが、

「しばし待て。わが主に相談して参る」

と御用部屋から消えた。

ふたりは半刻ほど待たされたあと、頭巾を被った内与力白浜は乗物に乗って、十軒店本石町の四條屋に向かった。善次郎と孫太夫の他、ふたりの見習同心が従っていた。

地下蔵の金色の仏陀像と数多の慶長小判を見た白浜歳三は、長いこと沈黙していた。が、

「なんと、真の話であったか」

と漏らすとふたたび沈思した。

榊原家にどのような「利」が得られるか考えていると善次郎にも孫太夫にも思えた。この現場にはふたりの見習同心は立ち会いを許されていなかった。真実を知るのはひとりでも少ないほうがよいと思ってのことだろう。

三人は地下蔵の底へと下りた。

まず白浜歳三は仏陀像の前の慶長小判を確かめて、眼勘定で数えていたが、

「二千枚は超えていよう。慶長期初めの造幣とすると貴重極まりなかろう。さあてどうしたものか」

と独語した白浜が自ら地下蔵から上がり、待たせていた見習同心に何事か命じた。

地下蔵では孫太夫が、

「内与力どのは榊原家の割り前をどうするか考えておられますな」

と腹にあることを善次郎に告げた。

「この地下蔵の宝物《ほうもつ》の持ち主は、四條屋ではござらぬか」

「四條屋は百里走り一味に皆殺しに遭っておりますぞ」

「縁戚が京におるとか聞いたが」

「おそらく北町奉行の榊原様と内与力どのは京には知らせず、江戸で処置するのでしょうな。むろん公儀の然るべき方々と話し合ってのことですよ。となると小此木様がかような宝物を発見した功績は無視されましょうな」

「それがし、かような慶長小判など頂戴する謂《いわ》れはなし、頂戴しても困るだけでござる」

「そう、仰ると思うておりました。公儀の重臣がたが私腹を肥やすのを見ぬふりを致しますかな」

「そうじゃな。それがしが関心あるのはこの金色の仏陀像かのう」

「どうなされますな、この仏陀像を」

「さよう、地下の闇にふたたび残すのは何とも切ないな。どうであろう、神田明神の一角に社を建てて安置すれば氏子衆が拝礼するのではござらぬか」

「おう、それはよき考えですぞ。ただし榊原様方が仏陀像もお上《かみ》のものと強弁《きょうべん》された折りはどうされますな」

「そうじゃな、発見者の功績があるなれば、それがしが見つけた経緯を読売に書かせると申したらどうかのう」

「おお、それは榊原奉行様方、お困りでしょうな。この一件が公になれば北町奉行所には一文も入りますまい。公儀の勘定奉行が出張ってきましょうでな。きっと仏陀像は好きにせよと申されますよ」

ふたりの考えを内与力白浜が北町奉行所に持ち帰り、喧々囂々《けんけんごうごう》の議論の末に、二千七百五十三枚もあった慶長小判の一部は探索費として北町奉行所へ、大半の金子は公儀勘定方へと分割されることが決まった。また仏陀像は江戸総鎮守神田明神へ寄贈ということで話し合いが成った。

その日のうちに神田明神社番所に神官や権宮司、主立った氏子衆が集まり、金色の仏陀像を神田明神社が受け入れることが正式に決まった。

数日後の夕べ、小此木一家の長屋に差配の義助や一口長屋の住人全員が参集した。

「おまえ様、こたび神田明神社に祀られる仏陀様はこの一件に関わって非業の死を遂げた方々の菩提《ぼだい》を弔う仏様ですよね」

と佳世が善次郎に確かめ、

「おお、まずはそういうことかな。闇の世から仏陀様が神田明神社に引っ越してこられるのはめでたい話ではないか」

と言い、一同で和《なご》やかに酒食をともにした。

微醺《びくん》を帯《お》びた善次郎は、松五郎の書付と文に「一口長屋」とあったことをふと思い出し、

(もしかしたら慶長小判と仏陀像は一口長屋に関わるものかもしれぬ。さような不思議があり得るか)

と思案した。

酔いが齎した思いつきか、周りを見回した。

屈託《くったく》なくうれしそうに飲み食いする長屋の住人たちを見て、地下蔵で見た慶長小判は夢まぼろしではないかと考え直した。

(そう、神田明神に安置された仏陀像だけがこの世に齎された現《うつつ》ではないか。

夏の穏やかな宵だった。

光文社文庫

文庫書下ろし／長編時代小説
用《よう》心《じん》棒《ぼう》稼《か》業《ぎよう》　芋洗《いもあらい》河岸《かし》(2)
著者　佐《さ》伯《えき》泰《やす》英《ひで》

2024年2月20日　初版1刷発行

発行者　三宅貴久
印刷　萩原印刷
製本　ナショナル製本

発行所　株式会社　光文社
〒112-8011　東京都文京区音羽1-16-6
電話 (03)5395-8147　編集部
8116　書籍販売部
8125　業務部

ISBN978-4-334-10206-7　Printed in Japan

組版　萩原印刷